シャーロック・ホームズを歩く

作品をめぐる旅と冒険

東山あかね
HIGASHIYAMA, Akane

青土社

シャーロック・ホームズを歩く

目次

シャーロック・ホームズを歩く

作品をめぐる旅と冒険

＊写真は断りのないものは東山による。
＊本書の「ホームズ物語」の事件名、引用は小林・東山訳「シャーロック・ホームズ全集　全9巻」河出書房新社版による。

第1章　コナン・ドイル生誕の地エディンバラ

（二〇一一年、エディンバラ、ロンドンの旅）

セント・パンクラス駅
キングス・クロス駅
リージェント公園
現在のベイカー街221
地下鉄ベイカー・ストリート駅
シャーロック・ホームズ・ホテル
ベイカー街
ウォーレス・コレクション
ランガムホテル
大英博物館
セント・バーソロミュー病院
クライテリオン
コヴェント・ガーデン
レストラン「シンプソン・イン・ザ・ストランド」
チャリング・クロス駅
パブ「ザ・シャーロック・ホームズ」
ハイド・パーク
グリーン・パーク
セント・ジェームズ・パーク
二代目スコットランド・ヤード
国会議事堂、ビッグベン
バッキンガム宮殿
ウェストミンスター寺院
ヴィクトリア駅

二〇一一年十月七日

後ろ髪ひかれながらエディンバラとロンドンへ

思えばひさびさの海外旅行となった。

二〇〇五年の四月に、その夏に参加する予定でリトアニアでのエスペラント世界大会の参加を申し込み、オプショナル・ツアーの計画なども立てて楽しみにしていたときに、夫の小林司は突然倒れた。まさかの脳出血だった。医者の不養生ではあったものの、幸い一命はとりとめ、リハビリにもつとめて日本国内のエスペラント大会には毎年参加していたが、さすがに世界大会には参加せずじまいだった。

リハビリも進み二〇一〇年、秋に長崎の日本大会に行くのを楽しみにしていた矢先の四月に血液のガンが発見され、二〇一〇年の九月に天国に旅立ってしまった。

結婚してから別々に旅行することはほんの二、三回だけで、あとはいつでもどこでも一緒だったのでその喪失感は大きかった。

それでも、この夏には思い切ってエスペラントの世界大会にひとりで参加しようと申し込み、ホテルなど準備万端に予約していた。実は母（当時九三歳）はすでに認知症が進み、その上にガンにおかされていて、大震災の翌々日に余命三ヶ月以内の人だけを受け入れる病院に入院したところだった。病院では命は月単位ではもちません。週単位で考えてと言われた。

意識不明の日々が続いたが、母は頑張ってくれた。友人のなかにはそのような状態で十年延命した方もいるのだから、少し息抜きしたらと言ってくれる人もいたが、さすがに自分ひとりの楽しみのために母を置いて旅行する気持ちにはなれなかった。

今回はエディンバラで日本シャーロック・ホームズ・クラブ（以下ホームズ・クラブ）からの記念プレート贈呈式がおこなわれるということで、思い切って海外に行くことを決めた。

意識不明のままの母を残しての旅は、気がかりではあったが、万一のときには何とかするからとの娘たちのことばに背中を押されるかたちでの旅を決心した。

私は本は買いません宣言

今回すべての旅のコーディネートをしてくださったホームズ・クラブの志垣由美子さんと成田空港で合流したときには、エディンバラで飲もうと思って買ったペットボトルを手に、さらに温かいお茶を入れたステンレスボトルまで持っていて、あきれられてしまった。

「そういえば、あなたはひさしぶりの海外旅行だったわね。今はペットボトルも水筒も持って出国審査はできないのよ」と。

世の中の流れについていっていなかった。今回は志垣さんが二泊だから同室でもいいわねと、ご親切に航空券、エディンバラのホテルも手配してくださった。

ロンドンでは私が土地勘のある、ベイカー街のシャーロック・ホームズ・ホテルの裏の小さなホテルにしてとお願いした。ホームズ・ホテルはお値段が高すぎる。

久々の海外旅行も、残してきた母のことを思うと嬉しさ半分の状態だった。ロンドンからエディンバラまでの航空機の乗り継ぎ待ち時間がなんと七時間。荷物もあるし、町まで行くのもかなわず、ひたすら空港での時間潰しとなった。

売店などもゆっくり交代で見て回る。出がけに「私は本は買いません！」と宣言をしていた。小林が残した本の山もまだまだそのままの手付かず状態で、この上、まだ本を買うなど考えれらなかったからだ。

ところが、空港の売店で人気のBBCのTVドラマ「SHERLOCK」シリーズの二人が表紙になっている正典の『緋色の習作(研究)』のペーパーバック本を見つけて購入してしまい、「本は買わない！じゃなかったの」とからかわれてしまった。本屋の前に立ったとたんに小林との旅の記憶がよみがえってきて、思わず小林との旅行でしていたことを繰り返してしまう自分に苦笑した。

コーヒーを飲む段になって、我が家に放置されていた英国のコインをひとつかみほど持参していたので、お店のテーブルにじゃらりとばら撒き、これで支払いをしたいというと、丁寧にこれは使えるえないと仕分けてくれて、かろうじて二人分のコーヒー代になった。このコインは昔の英国旅行のときに、次に来る時のためにと持ち帰ってきたもの。なにかすべてが過去になっている不思議な感覚。

空港でさんざん待たされたあげく、ようやくゲート番号が出たと思ってたら、一度出ていたゲート番号が出発間際に変更。数人が小走りに新しく表示されたゲートのもとへ向かう。ヒースロー空港は広くて大変だ。それなのに、ちゃっかり正しいゲートで待っている人もいるのはどういうことなのだろうか。

とにかくヒースロー空港からの乗り継ぎでエディンバラ空港に二三時一〇分定刻に無事到着。そこから入国手続きを終え、タクシーで志垣さん手配のチャンニングス・ホテルへと向かう。真夜中すぎの到着だったがロビーの暖炉には薪の火が焚かれている。これで朝食付きで二人で一泊約一四〇〇〇円は安いと感じた。

とにかく長旅のあと。ベットはよじ登らなければならないほど高くしつらえられていたが、ゆっくり

チャニングス・ホテルの廊下にかけられた、ホームズとワトスンを思わせる絵

休めた。

十月八日　エディンバラは今日もどんより

朝からスコットランド特有のどんよりとした小雨まじりの天気。

ホームズの下宿のおかみのハドスン夫人は「朝食のアイデアにかけてはスコットランド女性も顔負け」と「海軍条約文書事件」でほめられているが、スコットランドの女性は料理が上手ということらしい。ホテルの朝食も「卵料理は何にしますか」などと聞いてくれるほどにサービスのキメが細かい。

歴史あるホテルで、廊下にはさまざまなホームズ時代の絵がかけれられていて、思わずカメラに収める。中にはホームズとワトスンを思わせるもの、「バスカヴィル家の犬」を思わせるものまであるのだ。

「全部写すなんて大変だから」とたしなめられたが、やはり、そこかしこにあるものもすべてをカメラに収めておくという衝動も小林との旅行の名残。でも帰ってから一枚ずつ眺めることもなかったしなとあらためて思う。

記念プレート除幕式参加

今回の旅のメイン・イベントのプレートの除幕式は一二時から、レセプションは一二時二〇分からからということで日本国総領事館からの正式な招待状もいただいている。せっかくの晴れ舞台なので、気張って日本から着物も持参し、なんとか着付け、志垣さんとタクシーで日本国総領事館へ向かう。

なぜプレートが日本国総領事館に付けられるかというと、この地メルビル・クレセント二番（2 Melville Crescent）のこの建物はシャーロック・ホームズのモデルとなったジョゼフ・ベル先生が一八八四年から一九一一年まで住まいと診療室をかまえていた旧居だからなのだ。

ドイルが「ホームズ物語」の第一作「緋色の習作」を執筆するときに、エディンバラ大学時代の恩師ベルを名探偵シャーロック・ホームズのモデルとしたのだと言われている。ベルは患者を診察するときには病状ばかりでなく、職業から性格までを当ててみせるという、名推理ぶりだったという。

ここにジョゼフ・ベル（一八三七－一九一一）の没後一〇〇周年記念にあわせて、記念プレートを日本シャーロック・ホームズ・クラブより寄贈しようと、ロンドン在住のホームズ・クラブの会員の清水健さんがさまざまにご尽力されて、今日を迎えたというわけである。

あいにくの小雨模様。プレートはすでに壁面に取り付けられていた。本来ならば除幕まで布で覆ったりしておくのだが、建物の構造上それはむずかしいということで、すでに昨日のうちに取り付け工事を

「ジョゼフ・ベル（1837 年～ 1911 年）法科学の先駆者、外科医、大学講師としてサー・アーサー・コナン・ドイルにシャーロック・ホームズのインスピレーションを与えた。1884 年～ 1911 年にここに住む」（清水健訳）

除幕に代えたテープカット

済ませていた。

プレートの前で記念写真を撮ったりしているところに、スコットランドのキルト姿の清水さんと、日本から駆けつけた大和久さん、ロンドンに留学中の高橋さんとホームズ・クラブ会員がそろう。

除幕に代えたテープカットを（写真左から）、外科医師会図書館司書のスミスさん、日本国総領事の田良原さん、東山、清水さん、ロンドン・シャーロック・ホームズ会のクックさん、建物所有者のエイトキンさんの六名で行った。

そのあとはレセプション。領事はホームズ・ファンとのことで会場にはすでにお手持ちのホームズもののDVD、本などが飾ってあった。領事ご夫人もあでやかな着物姿でご出席くださり、巻き寿司などをご用意くださっていた。レセプションには日本からのホームズ・クラブのメンバーの他にもオックスフォード版の「シャーロック・ホームズ全集」の解説執筆をされたエディンバラ大学のオーウェン・ダドリーさんなど有名なシャーロッキンやスイス・ツアーで出会った旅仲間なども見えていて総勢二五名ほどであった。

領事の「アニーローリー」の美声を拝聴したあとは、ベル先生が書斎としていた部屋にも案内していただいた。

ジョゼフ・ベル　その人となり

ベルについての研究書によると、彼は一七歳で外科医助手となり四九歳でエディンバラ大学の外科医を引退していたという。ちなみに、ホームズも四七歳で探偵業を引退している。

看護師たちに非常に慕われていて、引退のおりにはオーク材の書物机と椅子、真鍮の筆記用具セット

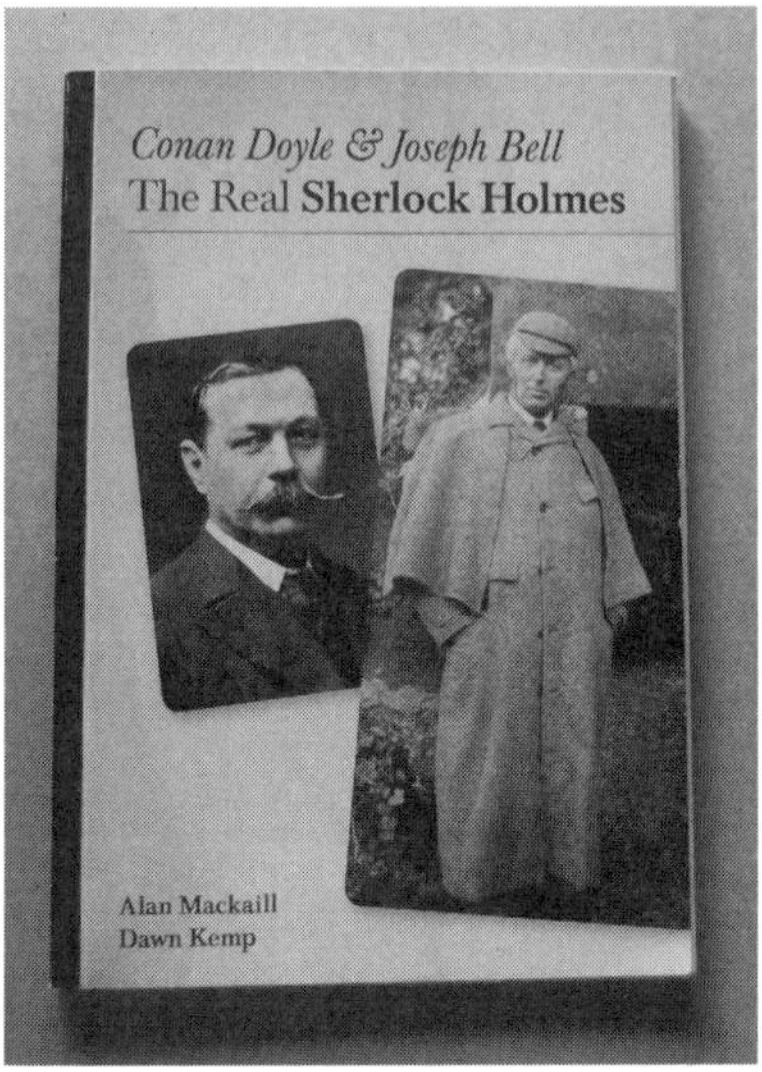

アラン・マッケイル、ドーン・ケンプ著『コナン・ドイルとジョゼフ・ベル――真実のシャーロック・ホームズ』

などが贈られたという記録があるとか。記念の品ともなれば、転居しても使っていただろうから、この書斎に置かれていたのだろう。

引退ののちは開業医として親われ、著作『ナースのための外科学注釈』はフローレンス・ナイチンゲールへの献辞付きで出版された。

大学退職後、すぐに王立病院の顧問外科医になり、その後王立外科学会の財務委員長を務め、さらにはエディンバラ外科学会会長にも選ばれてもいる。

一見順風満帆の生涯のように見えるが、一八九三年一人息子のベンジャミンを虫垂炎の悪化で亡くしている。名医の誉れ高いベルが自らの息子を虫垂炎でなくしたことは痛恨のきわみであったことだろう。

そんなベルの面影をこの旧居で思い起こした。

無事除幕式とレセプションを終えて、せっかくなので外科医師会付属の博物館でのベルのコレクション見学と墓参りに行こうということになり、清水さんに案内してもらう。博物館は撮影禁止だったが、運良く表紙にドイルとベルがインバネスを着てホームズの姿をあしらってある冊子『コナン・ドイルとジョゼフ・ベル―真実のシャーロック・ホームズ』が残っていて、購入。私たちが購入したところで完売となった。

ベル家の墓はディーン墓地にあるということでこちらも清水さんの案内で墓まで直行。案内がないと、墓地中探しまわったりしなければならないのだが、先達がいてありがたい。

前述したように一人息子をなくしたため、ベル家を名乗る人は途絶えてしまっているが非常に立派な墓であった。

傍系のご子孫のジュディスはドーセット州にお住まいで、この記念式典にはご身内の不幸で出席がかなわないということだったので、清水さんはわざわざ彼女のところまで設置する前のプレートをもっていってお見せしたとのことだった。

墓参りもすませ、一同でコナン・ドイル・パブへと移動。このパブ近くにあったホームズ像は区画整理の都合とやらで撤去されていて会えずじまい。(二〇一三年夏に再びもとの位置にもどっている)

ロンドンのベイカー街のホームズ像も勇壮だが、こちらのホームズ像はマントをひるがえしているところが気にいっていたのだが。

パブでは思い思いのものを注文。海に近いのでシーフードを注文したがなかなかの美味。ドイルの名を冠したパブだが、見渡すところホームズ・ファンらしき人はわたしたちだけ。店内には

ジョゼフ・ベル

ディーン墓地のベル家の墓

コナン・ドイル・パブ

複製品だろうドイルの肖像画が掲げられ、パブのカウンターのビールサーバーにはコナン・ドイル生誕一五〇年祝いとかでドイルとホームズをともにあしらった飾りがついていた。

語り合い、時間のたつのは早い。夜もかなり更けてそれぞれの宿へ。

十月九日

ホーリールード・ハウス宮殿

エディンバラ二日目。今日の一五時の便でロンドンへ向かうので、午前中一杯を見学にあてることにする。

心配していた母の容態も特に変わりはないようで胸をなでおろす。志垣さんは定期的にお母様にお電話をされている。それぞれに親の介護が気になる年齢なのだ。エディンバラにももっと長くいたかったが、二人ともそれぞれに予定があり、わずか二泊の旅となった。

荷造りをすませて、タクシーでホーリールード・ハウス宮殿にむかう。頑張って急いで出てきたら開館までまだ少しある。近くの売店をのぞく。ここは王室の人たちがエディンバラ訪問の折に使う宮殿で、彼らが滞在中は見学はできないが、普段は入場料さえ払えば中まで入って見学できる。

このホーリールード・ハウス宮殿の庭にある噴水はコナン・ドイルの父がエディンバラ市役所の工務課に勤務していたおりに設計したものだといわれている。すべてを一人でというわけではないのだろうが、立派な噴水なので一応カメラに収める。

ドイルの父、アルタモントはアルコール症（アルコール依存による社会的不適合を起こす状態）に陥り、ドイルがベル先生と出会ったエディンバラ大学に進学する年の六月にエディンバラの市役所を退職している。

　ドイル家の暗い事実とベル先生をからませた英国のＢＢＣ製作の「コナン・ドイルの事件簿」（二〇〇〇年から二〇〇一年）は日本でも放映されている。ベル自身が探偵（ホームズ役）をつとめて、医学生ドイルが助手をつとめるという設定だった。酒乱の夫（ドイルの父）と妻メアリ（ドイルの母）との家庭内での赤裸々なシーンなどが展開していたせいもありドラマの人気はいまひとつだった。

　外科医は伝統的に「ドクター」と呼ばれず、「ミスター」と呼ばれるとベルの伝記にもあったが、この放映でも「わたしのことはミスターと呼んでください」という、ベルの言葉が印象深い。

コナン・ドイルの父が市役所勤務中に設計した、
ホーリー・ルード・ハウス宮殿中庭にある噴水

　宮殿内部は観光コースになっていて往時をしのばせる。このホーリールード・ハウス宮殿を舞台としたホームズ物語のパスティーシュ『シャーロック・ホームズ――メアリ女王の個人秘書殺人事件』（ケイレブ・カー著　山田三枝子訳、二〇〇六年）の解説を書いたことがある。メアリ女王の秘書だったイタリアム人、リッツィオが三百年前に実際にこの宮殿で惨殺されている。それを思わせる殺人事件が起きて、ホームズとワトスンが乗り込み謎を解く、というものだった。よくできたパスティーシュだったが「ホームズ物語」にあまりなじまない惨殺、カトリックとプロテスタントという宗教がらみのテーマのせいか、それほどには話題にならなかった。とにかく、この本のおかげで、ホーリールード・ハウス宮殿が身近に感じられてありがたかった。

宮殿の売店にはこの四月に行われたロイヤルウエディングのウイリアム王子とキャサリン妃の写真をあしらった皿だのカップだのから、ポストカードまで満載であった。

ひととおり土産物屋の見学を終えてウエーブリ駅近くに移動。かつて鉄道でエディンバラを訪れたときの、あの古色蒼然とした眺めをひとしきりなつかしむ。

ドイル洗礼の教会見学　ロンドンへ

そのあとは小雨のなか、昨日のコナン・ドイル・パブ近くのセント・メアリ教会へ。駅からタクシーで行ったのだが、ドイル・パブ前でしきりに写真を撮っている清水さんと遭遇。私たちは教会内を見学する。カトリック教会で、ドイルが生まれたときの洗礼はここで行われたそうだ。清水さんは今日の列車でロンドンに戻るとか。私たちはここからタクシーでホテルに寄って荷物を引き取り空港へ。

あっという間にロンドンのヒースロー空港に到着。ヒースロー・エクスプレスという、空港とロンドン・パディントンをわずか一五分で結ぶ、高速列車が開通しているというのにも驚く。

チケットを自動販売機でクレジット・カードで買おうとしたら、無人のところでのカード利用は万一のトラブルがあると困るからやめたほうがいいと志垣さんに教えていただく。

シャーロック・ホームズ・ホテル入口

まさにそのとおりで、後日パリに住む友人は日本に来る直前にＡＴＭでお金を下ろそうとしたら、カードだけ吸い込まれて出てこなくなる事故にあったという。すでに銀行はしまっている時間で、友人はその日から日本へ旅行なので、翌日に窓口に友人に取りに行ってもらったけれど、本人でないと渡さないと言われたそうだ。たまたま日本にお母さんがいるので、お金がなくても大丈夫だったけれど、そうでなければ非常に困ったことになっていた。それで、絶対に無人の機械にカードをいれないようにと彼女もわたしにアドバイスしてくれた。

パディントン駅からタクシーで懐かしのベイカー街のホテルへ。シャーロック・ホームズ・ホテルの真裏のアットホームな三ツ星ホテルだ。今日からは互いに一人部屋にした。エディンバラに比べると都会のせいか、なんともお粗末な部屋だが、いたしかたない。

夕食はシャーロック・ホームズ・ホテルにて。ビールとジンジャーエールを半々にしたというアルコールの弱い飲み物、シャンティがおいしいわよと教えられて二人で乾杯。

ユーロスターの発着駅となったセント・パンクラス駅

十月十日

コナン・ドイル　未発表未完成小説の発見

ブリティッシュ・ライブラリーでコナン・ドイルの未発表未完成小説の原稿がみつかり、それが刊行されることを記念して原稿などの展示がされているので、ぜひ見て来てとホームズ・クラブの仲間で翻訳家としても大活躍中の日暮雅通さんから教えてもらっていたので、今朝はまずはそこに行ってみることにする。

エディンバラでご一緒した大和久さんに入り口でばったりお会いする。彼女はこの展覧会を見て帰国されるのだとか。英国留学の経験もありで、ここの図書館で研究もされたことがあるとか。立派で勇壮な建物だ。こんなところに一日こもって勉強したらいいだろうななどと想像してみる。でも文献はみな英語なんだろうな…。

あいにく展示は撮影禁止だったが、忘れないうちにと売店でお目当ての未完成小説を日暮さんの分もあわせて購入する。

隣接のセント・パンクラス駅を一枚写真に収める。いまはヨーロッパ行きの列車の発着に使うようになって非常に立派に改装されているが、ひとときは廃駅のようなありさまだった。

ここはホームズの時代には立派な鉄道駅で、この鉄道会社がもつセント・パンクラス・ホテルは結婚披露宴の会場として登場している。「花婿失踪事件」で失踪した花婿のホズマ・エンジェルと花嫁のメアリ・サザランドが別々の馬車で向かったのがここであった。セント・パンクラス・ホテルは現在は超高級ホテルとして営業中である。今日は素通り。

シャーロック・ホームズ・パブ〜クライテリオン

志垣さんは明日には帰国されるので彼女とは最後の夕食になる。夕食はクライテリオンでということにして、チャリング・クロスまで行き、通りがかりに予約をすることにした。こちらもホームズ・ファンには逃せない名所。セント・バーソロミュー病院の外科助手のスタンフォード青年とワトスンが出会ったのがこの店の前ということになっている。そして、その日のうちにワトスンとホームズはセント・バーソロミュー病院で世紀の出会いをとげることになったというわけだ。（クライテリオンは現在イタリアン・レストラン Savini at Criterion となっている。写真で見る限り内装に変化はなし）
ここにはかつて日本のバリツ支部（日本初のホームズ会）から送られた記念プレートも掲げられていたが紛失したままになっている。（その詳細は三章）
先日ロンドン旅行をされたかたから、クレジット会社の特典サービスなるものがあり、検索していたらいいことがあったと聞いていたので、クライテリオンを検索したら、お食事のあとのデザートサービ

現在はイタリアン・レストラン・Savini となっているクライテリオン

チャリング・クロス駅にほど近いパブ・シャーロック・ホームズ

スの特典をみつけたので、それもあらかじめお願いしておく。

昼はチャリング・クロス駅近くの、これまたホームズ・ファンには逃せない「シャーロック・ホームズ・パブ」へ。ロンドンに来るたびに寄っていたところだし、あるときにはオーナーにお願いして開店前に中に入れてもらいホームズの部屋の写真も撮らせてもらい、写真集に載せたりもした。

長年のごぶさたでオーナーも代わってしまったようだ。今日は一階のパブコーナーでサンドイッチと飲み物で軽くすませた。レストラン部分にはちらりと登って行ってガラス越しに写真だけ撮らせてもらう。

ロンドン・フィルム博物館でグラナダ・セット見学

つぎにはテムズの対岸、ロンドン・アイの下にある旧市庁舎跡にあるロンドン・フィルム博物館へ。こちらにはジェレミー・ブレット主演のグラナダ版シャーロック・ホームズのホームズの部屋のセットが移築されているという情報を志垣さんがもっておられて一緒に連れて行っていただく。（二〇一六年九月現在、閉館）
古い学校を改造したような建物で、水族館のほうは有名らしく、家族連れでごった返していた。フィルム・ミュージアムのほうは立派な展示なのだが、人影もほとんどないし、館内の案内図もわたしたちが行ったときにはなかった。とにかくあるはずだからと、学校の教室のようになっている小部屋をつぎつぎにのぞいてみるがさっぱりグラナダのセットは見当たらないし…となかばあきらめかけた時にやっと見つけた。ほかの小部屋に比して大きなスペースもとっているし、入り口にはグラナダ・テレビの撮影で使った「カチンコ」がかかげられていて、ガス灯まであり、趣を醸し出していた。

扉の上には「カチンコ」。右下にはシャーロック・ホームズの文字が見える

中のホームズの部屋のセットはかつてマンチェスターにあるグラナダ・テレビのスタジオ・ツアーでも使われていたもので、わたしたちも一九九二年にここを訪問して、「ただいまホームズ先生は捜査でお出かけで…」と年若いハドスン夫人の説明を聞いたことを思い起こした。

今回はなにか急いで家具などを移動して設置したという感じはいなめない。掃除もなんとなく行き届いてない感じ。映画全般の博物館だからかホームズに力をいれていることは感じられなかったが、写真撮影は自由で、テーブルの上のティーカップなどは映像のままに置かれていて懐かしい。

（その後グラナダ・シリーズのＤＶＤを全編ブルーレイ化するという企画の短い解説を書かせていただくことになり、この際とＤＶＤをはじめから全編みることにして、この博物館で撮った写真とひとつひとつの小物をあらためて見直したりして楽しんだ）

博物館で最後にたどりついたのがホームズの部屋だったので、すっかり興奮してしまった。外へ出るとテムズ河をはさんで向かいがビックベンのある国会議事堂。こちらか

ホームズの部屋のセットの内部

テーブルの上のティーセットは映像のまま

らの景色を見るのは、もしかしたら初めてだったかもしれない。

夜は予約したクライテリオンへ。夕方五時からだと早割の定食があるのだが、わたしが「ドーバーソール」が食べたいとリクエストしたところ、早割定食にそれはなく、志垣さんにもおつきあいいただいてしまった。

なぜこれが食べたかったかというと、一九八五年に当時「ホームズ物語」を撮影していた、グラナダテレビを訪問して、プロデューサーのマイケル・コックスさんと販売担当の女性メアリーさんと会ったおりにご馳走にあずかったのが、当地の名物のドーバー海峡でとれるというドーバーソール（舌平目）だったから。今日の昼にはグラナダのセットもみたし、思いっきり思い出にひたりたかったのだ。

ゆっくりの夕食ですっかり夜もふけ、本日もホームズが待つベイカー街へ。

十月十一日

ウォーレス・コレクション見学

志垣さんは今日でご帰国。遠出はせずに午前中いっぱい近場で過ごしましょうということになり、ベイカー街の少し先にあるウォーレス・コレクションへ。

ここもホームズ・ファンには人気のスポット。

ホームズの宿敵モリアーティ教授の部屋にかかっていたと「恐怖の谷」に記述のある『腕を組む少女』を描いた、画家ジャン・バプティスト・グルーズ（一七二五～一八〇五）の絵画が何点か収蔵されていてみることができるのだ。

モリアーティが好きだった絵の作者にまで興味をもつシャーロッキアンは恐るべしか。ひとときはホームズ・クラブ内にグルーズを徹底的に検証し、さらにその作品を海外にまで足を伸ばしみて歩くという、グルーズ友の会もあった。最近は活動休止しているようだが。（二〇一五年に上演された韓国発のミュージカル「シャーロック・ホームズ2　ブラッディ・ゲーム」が日本で上演され、ホームズ仲間三人で見にいった。部屋にグルーズの『腕を組む少女』の絵がかかっていたと、舞台に大きくその絵が映し出されたときには、わたしたち三人だけが声をそろえてクスっと笑ってしまった。ほかのミュージカル・ファンのかたは静かに観劇されていたようだった）

もうひとつ、この美術館の見ものはヴェルネの絵画数点である。実は、ホームズの母方の祖母がフランスの画家オラス・ヴェルネ（一七八九～一八六三）の血をひくという記述が「ギリシャ語通訳」にあることから、ヴェルネの絵の探求までしてしまうのだ。

絵画まで鑑賞してまわるのかと思われるかもしれないが、それがまたホームズの楽しみというか醍醐味でもある。いつかパリのルーブル美術館の一室にグルーズとヴェルネの絵が同時に掲げられていたのをみて、小林とともにいたく感動したこともあった。

軽くランチのあとホテルにもどり、志垣さんを送ってタクシーでパディントンまで。一人で帰国するのでそのリハーサル。帰りに地下鉄に乗ろうとしたところ、チケットの初乗り四ポンド（約六〇〇円）の高さに驚く！　オイスター・カードという日本のSuicaのようなものがないと割高になるのだが、今回の旅行ではその知恵もなく高い料金でベイカー街までもどることになった。いよいよ一人旅になる。

十月十二日

フロイト博物館訪問

今回ロンドンを訪問するのならぜひにと決めていた目的の場所のひとつは、ベイカー街から地下鉄で一駅のフロイト博物館だった。

フロイトが五十歳の記念に高弟たちから贈られたという記念メダルを小林がウィーンで購入して持っていた。かなりの自慢の品で、いままで普通に壁に飾ってあったのに、ある日そこから外し、これは非常に貴重な品であると、ダンボールの箱に入れ、保管し始めた。おりしもフロイトの伝記の翻訳をしていた時で、その本のあとがきにはフロイトのメダルの写真をいれるという力の入れようで、家に来る人ごとに自慢もしていた。箱の上には一億円と記入していたが、それもあるときからは縦棒が増えて十億円となった。

フロイトが高弟から贈られた記念の品なら、一億円ということもなかろうが貴重な品には違いないだろう。このまま我が家に置いておいて、私に万一のことがあればゴミの山に消えてしまうので、何がなんでもフロイト博物館に持っていかねばと考えていた。

このことを、ロンドンの清水さんにメールしたら、ちょうど運良くフロイト博物館のモルナールさんが講演するという記事をみたので面会の約束をとってあげましょうということで、約束もとってもらい、今日は博物館までご同行いただけることになっている。（メダルの謎についてはすでに原稿をまとめて発表しているのでここでは詳細は割愛することにする）

フロイトとホームズもまんざら縁がないわけではなく「シャーロック・ホームズの素敵な挑戦」とい

うアメリカ映画が一九七六年に公開されているし、その原作は『シャーロック・ホームズの素敵な冒険』という表題で文庫本に入っている。ニコラス・メイアーの著名なパロディでホームズのコカインの嗜癖をフロイトが治療するというもので、英語の表題はホームズが愛用?していたコカインの溶液が七パーセントだったことから『THE SEVEN- PER -CENT SOLUTION』となっている。

ベイカー街のホームズ像の前で待ち合わせて、清水さんと今回はバスで博物館近くまで。かつてこちらへは数回小林と訪ねている。そのときにはベイカー街駅からメトロポリタン線だと一駅のフィンチレイ・ロードでおりた。バスをおりたらすぐにその記憶がよみがえった。駅近くの本屋さんは世界各地からのフロイト博物館への客目当てに、精神分析関係、心理学、精神医学の本の品揃えがよく、小林はその都度山のように購入して日本に送ってもらっていたのもなつかしい。当時はその多額の費用にはらはらしたものだったが、今日は本屋は素通り。

博物館につくと日本語で「ようこそ」と声がかかり驚いた。日本人の留学生の方が博物館学の研修でここに来ているのだとか。

前の館長だったモルナールさんは『フロイト最後の日記　一九二九‐一九三九』（邦訳二〇〇四年　日本教文社）の著者で、フロイト研究もしていた小林とは親交が深かった。この翻訳も小林が手がけた。

フロイトはウィーンで医学を収め、精神分析学という新しい分野を切り拓き、人間の心の奥にある深層心理を解き明かそうとした。ユダヤ人であったことから、ヒトラーがオーストリアに侵攻してくるとすぐにナチに狙われ、ロンドンへ苦難の末、亡命を果たしたのだった。

当時すでに精神分析学者として有名であったこと、フロイトの弟子でもあったギリシャ王妃のマリー・ボナパルトなどの多大な努力が幸いしてロンドンのこの地に亡命してきた。亡命当初はすぐ近くの家に落ち着いたが、すぐに二件目の家に移り住み、この博物館の地が終の住処となった。着の身着のままでアウシュビッツに送られたユダヤ人にくらべたら、家財道具一切、集めていた古代遺跡の発掘品、精神分析のおりに患者を寝かせるカウチまで持っての亡命は幸せだったというべきだろう。

記念メダルの謎

モルナールさんは私の肩を抱いて小林の死を心から悼んでくれて、思わず涙。今回の訪問の目的となった件のメダルを差し出すと「あ、これならうちにもあるから、ちょっと持ってきて…」との少々がっかりな反応。博物館から持ち出されたメダルは質札がつけられたのか、小さな穴があいていた。私の持参したもののほうが状態はかなりよかった。

フロイトの日記などに記されている五十歳記念のメダルは「大きい」と表現されていたとおりで直径一五センチもある大きなものでしっかり博物館に収蔵されていて、小林の秘蔵の品はまったく同じデザインだが直径は六センチ。フロイト先生に贈呈するためのメダル費用を捻出するためまったく同じものを高弟用に、あるいは記念品製作の係がつくったということは想像に難くない。

また、ひとときは自分の後継者とも目されていたユングにフロイトが「メダルをあげましょう」と書き送っていたこともわかっていて、小林がウィーンでもとめたのはユングがフロイトと袂を分かったときにフロイトに送り返したものか、あるいは「もういらない」とユングが古道具屋にでも譲り渡したものなのかもしれない。すべては想像の世界だ。

小林は自分のもっているメダルがフロイト自らが弟子たちから贈呈されたものだと思い込んでいたよ

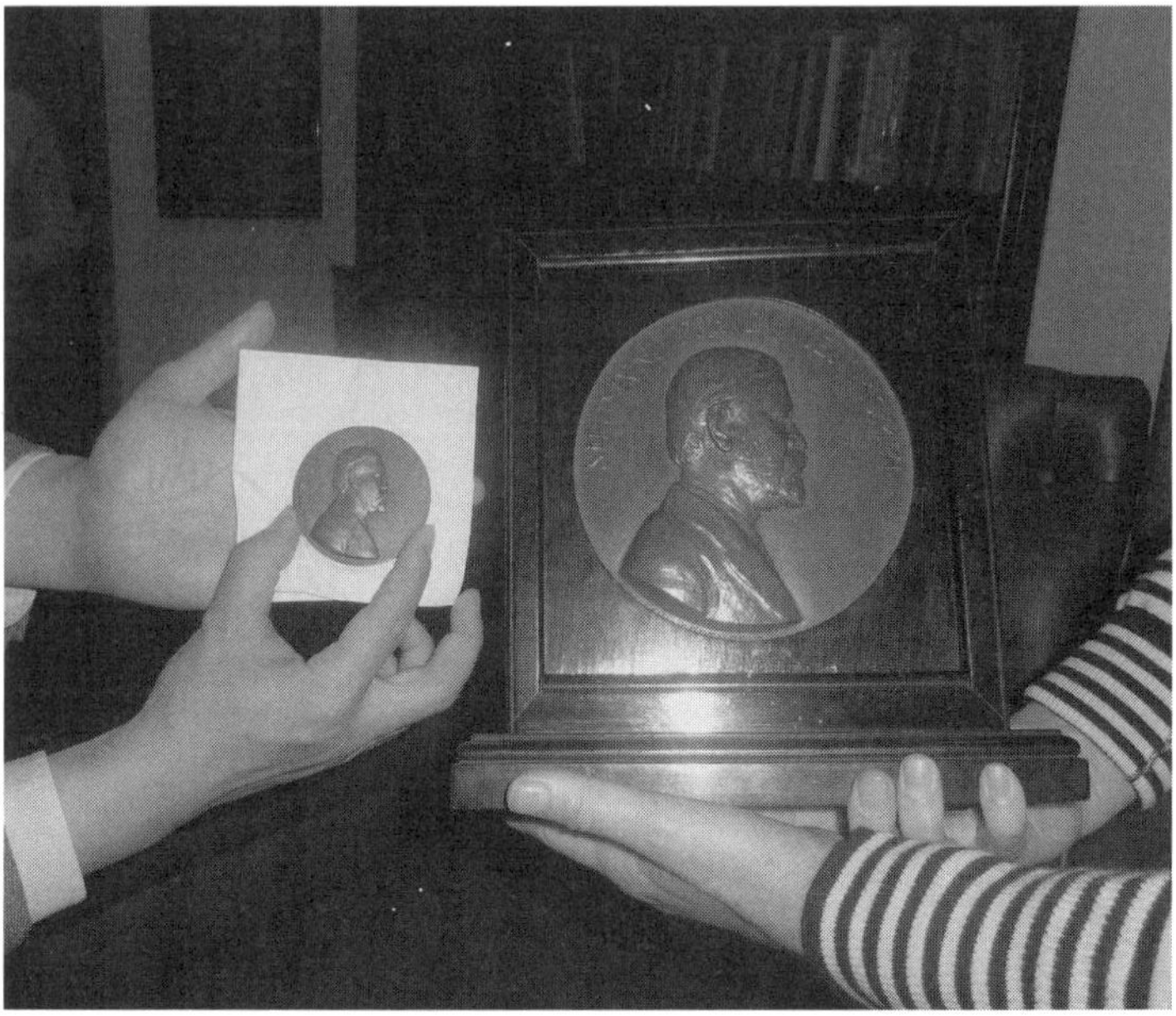

フロイト五十歳記念メダル。左はレプリカ。右が本物

うだが実際にはレプリカだったということになる。

なぜレプリカがあるのか？　小林がウィーンで購入したものの出処は？　など興味深い。

モルナールさんからは「あなたが次にくるときまでにシャーロック・ホームズに捜査を依頼しておきましょう」と本気とも冗談ともつかないおことば。

本物の大きいメダルと私が持参したメダルとをもって館長さんとみなで記念撮影をして博物館をあとにした。

ふたたびベイカー街でホームズ博物館前のカフェでサンドイッチを食して清水さんはお仕事に。わたしは今回の旅のもう一つの大きな目的を果たし、どっと疲れがでた。一応、メダルの由来も伝えなければと拙いながらに英文も考えてたりしたし…。とにかくベイカー街のホテルに戻り休養することに。

夜はストランドにあるホームズ様ご用達のシンプソンへ清水さんと。ほぼ満席の賑わい。大きな風船があがっている予約席はお誕生日のパーティーのよう。偶然にも誕生日がわたしと一日違いの清水さんといつかお誕生日に来たいものですねと話す。

十月十三日

母の容態も急変することなく最後の日を迎えられたことはありがたいことだった。

夕方の飛行機なので今日は徒歩でのロンドン見物と決めて地図を片手に歩くことに。

ベイカー街を振り出しにランガムホテル、バッキンガム宮殿、テムズ河河畔に出て川沿いを歩き、最後に地下鉄でふたたびベイカー街へ。

オイスター・カードも求めたので改札口をタッチするだけ。タクシーを呼んでもらい、パディントン駅へ。ここは志垣さんのお見送りで予習済み。無事空港へ。

万一のときにはよろしくと娘にたのんできたが母は相変わらずの意識不明。（結局その年の十二月、クリスマスイブの明け方に天国に旅立った）

愛犬を預かってくれていた娘のところに寄って犬とともに無事帰宅できた。

第2章　「ホームズ物語」の登場人物になりきってスイス巡礼

（二〇一二年、スイスの旅）

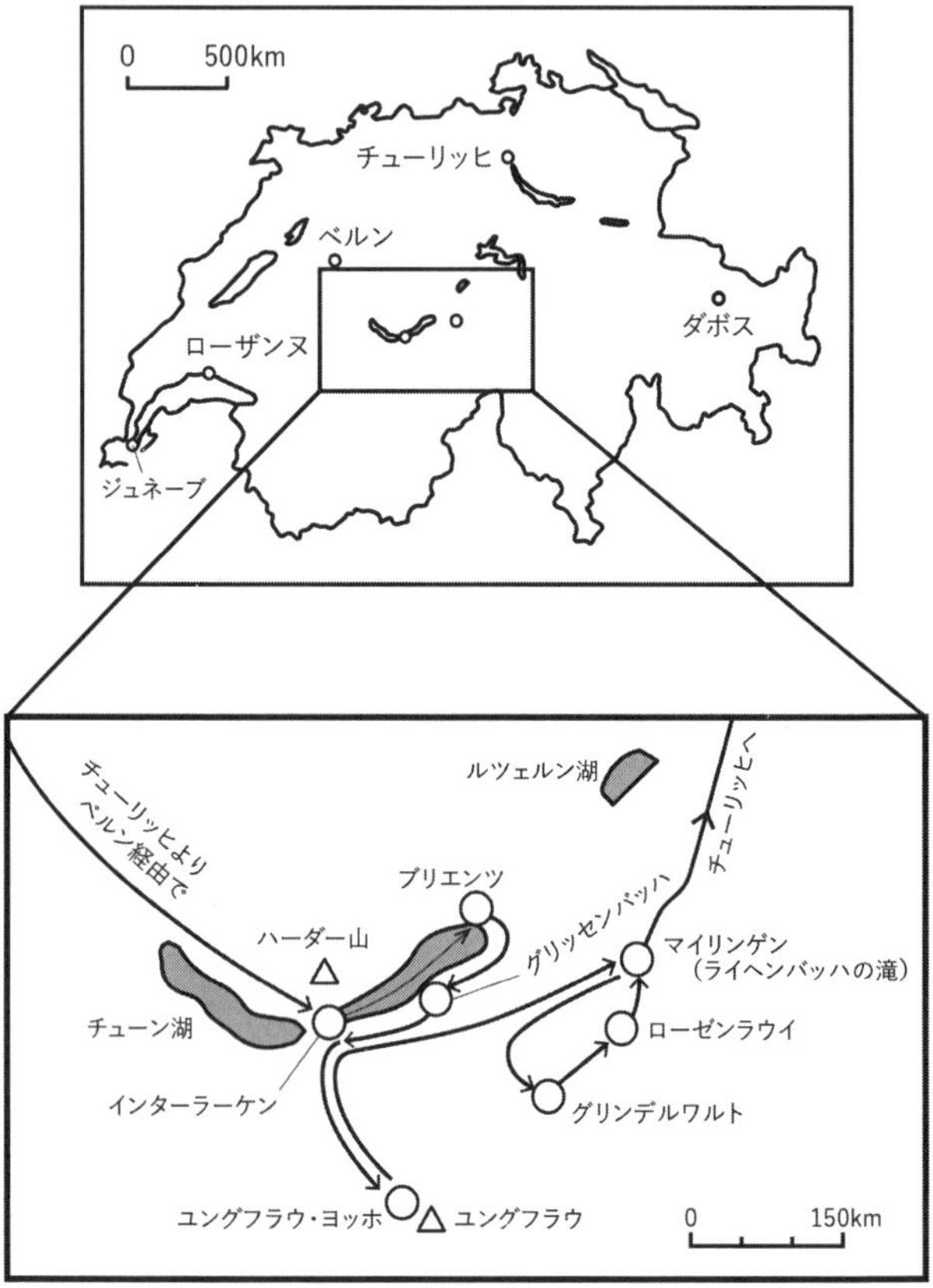

0
500km
チューリッヒ
ベルン
ローザンヌ
ジュネーブ
ダボス
チューリッヒより
ベルン経由で
ルツェルン湖
チューリッヒへ
ブリエンツ
グリッセンバッハ
ハーダー山
マイリンゲン
（ライヘンバッハの滝）
チューン湖
ローゼンラウイ
インターラーケン
グリンデルワルト
ユングフラウ・ヨッホ
ユングフラウ
0
150km

二〇一二年九月六日
四回目のスイス・ツアー参加を決める

ロンドン・シャーロック・ホームズ会主催のスイス・ツアーは今回で四回目の参加となる。一九八七年ホームズ発表百周年記念、一九八八年スイス、マイリンゲンでのホームズ像建立記念、一九九一年スイス建国七百年記念、いずれも小林とともに参加した。九一年には当時一三歳の娘エリカも同行した。エリカは旅参加者の最年少で、「ボスコム谷の惨劇」の事件目撃者の一三歳の少女ペイシェンス・モラン役で参加。皆様に可愛がっていただいた。

これらの旅の様子は『シャーロック・ホームズへの旅』と『同2』にまとめた。九一年のツアーはスイス建国七百年の記念で、バブルの最中、スイス観光局の最大の尽力によって華やかなものであった。そして小林の新潟大学の友人の真壁緑郎さんがマイリンゲンに駆けつけてくださった。エスペラントの創始者ザメンホフが眼科医であったからと、自らも眼科医を目指しドイツへ留学、そのままフランクフルト大学の眼科医学教授となった。小林と数十年ぶりの再会をはたしたという、思い出深いツアーだった。

その真壁先生も小林が亡くなった年のクリスマスにカトリックの洗礼を受け、わざわざ「天国でもよろしく」とお電話をくださったあと、しばらくして帰らぬ人となった。

実のところ今回のスイス・ツアーに参加する決断をしたのは、さかのぼって、この年の一月のニューヨークでのアメリカの歴史を誇るホームズ愛好者団体ベイカー・ストリート・イレギュラーズ（BSI）の会合に出席したことにある。

ＢＳＩの会合は毎年一月六日のホームズさんの誕生日にあわせてニューヨークで開かれている世界的なイヴェントなのだ。二〇一二年はニューヨークでは十二日から三日間レクチャー、ディナー、総会などが開催された。ディナーだけは正式に会長招待がないと出席できない仕組みとなってる。小林が亡くなった折にＢＳＩ会長のウエランさんよりの手書きでの丁寧なお悔やみ状をいただき、そこにもＢＳＩにぜひ出席をというような旨が書かれていたが、時も経ているし、特にお返事も出してだしていなかったし…ということでＢＳＩに毎年出席されていている日暮雅通さんのご尽力で招待状を頂戴できたのが十一月も半ばを過ぎてからだった。母のこともあったが、とりあえず出席の方向で準備をすすめ、参加者全員プレゼントには小林デザインの「２２１ｂ」バッチを特注した。これは小林の追悼会でも参加者のかたに差し上げた品だ。

母も見送り、一月にはいつもお世話になっている志垣さんと、英語でお仕事をされている天野さんと三人旅。日暮さんも同じ飛行機で。ホテルはニューヨークの「イロコイ」だった。なんともチャーミングな名前だが、原住民のことばらしい。そのときも、食事のメニューまで考えてくださっていて、みなさんにすっかりお世話になった。

それはさておき、ＢＳＩのディナーでは思いがけず会員に認定され、小林のシャーロッキアン名の「バリツ」をそのまま私がいただいた。ＢＳＩの会員に認定されるとなにかしら「ホームズ物語」の登場人物だったり、ゆかりの品だったりの名前が授与されることになっている。

その席で九一年のスイス・ツアーで当時大学生だったスイス人のマルコス君と再会できた。長身で一八〇センチ以上はあるだろう。ホームズたちも立ち寄ったロイカーバードの町の温泉プールでのイヴエントのとき、深みにハマってあやうく溺れるところだった私を長身の彼がやすやすと引き上げてくれた。まさに「命の恩人」である。大学卒業後には赤十字に勤務し、各地転勤の後、現在はワシントン勤務だそう。スイスのドイツ語圏にすみ、ドイツ語、フランス語、英語を自在にあやつる人物にはうってつけの任務だ。

「この秋にまたスイス・ツアーがあるから、ぜひまた参加しないか」と彼から強く誘われた。また、この年にわたしと一緒にBSIの会員に認定されたヘレンはマルコス君の彼女で、九一年のスイス・ツアーで知り合った仲。彼女も「ぜひまた一緒にいきましょう」と。それまでは、スイスのホームズ巡礼など思いもかけなかったのだが、いままでの楽しい思い出がよみがえり、心が動いたというわけだ。

いよいよツアーへ

前泊で成田へ。スイス・ツアーに参加するにはホームズ物語の登場人物に扮装することが義務づけられている。かつては小林が「バリツ師範」(バリツはホームズがライヘンバッハ滝でモリアーティとの対決に使った武術)、私はその助手だったのだが、今回は師範はなしで、いきなりバリツ助手に扮する。日本から私に同行してくださるのは新進気鋭の写真家の中島ひろ子さん。彼女もバリツ助手に扮する。つまり、バリツ助手は着物に袴姿。勢い用意する衣類は多く、荷造りが間にあわず、空港まで持参となった。娘に愛犬ポンピーの世話をお願いしてすぐに吉祥寺駅まで送ってもらう。空港までのバスの客はわたしをふくめて三人だけ。赤字だろう。廃線にならないことを願う。

第一ターミナルでおりて大きいカバンを預けようと思ったら、大きいカバン用のコインロッカーは一日五〇〇円。明日出すときにはまた五〇〇円で合計一〇〇〇円が必要。しかたなく、荷物をロッカーに預けてホテルへ。

九月七日

機内映画「わが母の記」鑑賞

空港の待ち時間にカフェでサンドイッチ。スイスのツアーでは出されたものを全て食べたら太ったことを思い出す。事実、参加ごとに二キロずつ体重が増加して、それがいまでも戻らない。もっとも原因はそればかりではないだろうが。

ちょうど持参してきたカトリック雑誌「愛」誌に紹介されていて、わたしがかつて好きだった作家井上靖の自伝的小説を映画化した「わが母の記」を観る。介護保険のない時代の認知症の介護の実態がわかる。流行作家で資産も家も十分にめぐまれていても大変だったことを実感。

息子は母から捨てられたと思い、母は祖父の妾のぬいに息子をとられたと思って、何十年ものあいだ双方にへだたりがあった。最晩年にそれが解ける、というテーマだった。

親に捨てられたという思いは、それを経験した者にとっては一生拭い去ることはできないが、みんな大人だからそれをうまく隠して生きているのだろうと思う。

無事チューリッヒ着

予定時刻にチューリッヒ着。小林が九一年のホームズツアーの本体と合流したときに久しぶりに会った仲間との挨拶に気をとられてカバンを盗まれたのは確かこの空港ロビーだった。今回はトラムのようなもので出口まで移動。空港もいつの間にか整備されていた。何回か使った空港だが、すっかり様子が違う。

大きいカバンを押しながらホテルバスを探す。各ホテルが出しているのかと思ったが、どうもそうではないらしい。ホテルの紙を見せると、このバスだと言われる。別にぼったくりとか詐欺とかでもなさそうだし、結局あいのりでそれぞれのホテルに送ってくれるというわけ。空港からタクシーだと五〇スイス・フランほどだというのに、バスも三九スイス・フラン、しかも四〇出したらなんだかおつりをわすれられた。チップということで、まあよしとする。

ホテルはチューリッヒ鉄道駅近くの便利な小さなホテル。フロントのお姉さんはなんだか愛想がわるいけど、必要なことは教えてくれた。

スイス・ツアーの本体と合流する空港のホテルは空港に隣接しているそうだ。

鐘の音に誘われて教会へ

夕方六時にはげしく鳴る鐘の音によばれて近くの教会へ行く。福音改革派らしい。パイプオルガンの音のすばらしかったこと。音は頭からふってきた。平日の夕方だが、会堂には三〇名ほどの姿があった。帰り道に食品スーパーがあり、そこでサラダ、パン、ジュースを求めてすませる。五〇スイス・フランの札をだしたら古くて使えないと言われる。二〇年まえのツアーの残りを持参した。銀行に行けば変えてもらえるようだった。

早めにお休み。時差ぼけ。

九月八日　金曜日

シャガールのステンドグラスがあるフラウ・ミュンスターをめざす

朝早く目覚めて困った。これでは先が思いやられる。スカイプしようとしたらエラーメッセージ。それなのにもう一度開いたらうまく作動して、エリカとおしゃべり。日本ではこんなにしゃべらないのに。メールはあいかわらず、受信だけ。

七時すぎに朝食に。一ヶ月ほどスイス中を旅行されてきたという日本人老夫婦に会う。いいな。わたしもこんな老後をむかえたかったが一人旅。

とにかく二〇年前に見損なったフラウ・ミュンスターに行こう。

九一年にきた時にわたしが行きたかったのに、小林が「本屋に行く」とかいって引っ張りまわして、結局時間切れで中に入れなかったところだ。

「チューリッヒなんて、また来るからいいじゃないと」と、文句を言った私をなぐさめた。そのあと団体でスイスへ旅行した母がこの寺院のステンドグラスの綺麗にうつっているガイドブックを買ってきてくれた。でも自分の目で見なければ納得できない。

フラウ・ミュンスターと思ったところはグロス・ミュンスター。地図を見まちがえたらしい。その教会の中にも入れず。途中市場をのぞいて写真とらせてもらったりしてやっと、たどりついたフラウ・ミュンスターの見学は一〇時からで、あと三〇分もある。

ちかくにフリーマーケットが出ていた。おばあちゃんが家から引っ張り出したようなものを売っていたりしている。ちらりとみるにとどめて、お茶、八・五スイス・フラン。お茶はたっぷりで飲みきれない。そういえばホテルのコーヒーも銀のポットにいっぱい。五杯もあった。

一〇時、念願がかなないフラウ・ミュンスターの中にやっと入れた。結婚式だろう。親族だけが集まっている様子。そういえば隣の市庁舎前に花をかざった車と、出席者らしき人影。今日は市庁舎に結婚の届出に来ての帰りだろう。司式の方の姿はなく聖堂内写真禁止というのにみんなでシャガールのステンドグラスをバックに記念写真。どうなっているのだろうか。

人の波が去って静かな聖堂にたたずむ。光がステンドグラスを通して流れてくる。左右に二本、正面に三本のそれぞれの地色にシャガールの独特の絵がステンドグラスで描かれている。シャガールが献納したとか。

細い道をくねくね、ちょうど神戸の異人館のあたりを思わせる、坂の上のセント・ペーター教会へ。教会の前のところには信者さんらしき人が数人でグラスにワイン、ジュースを注いだりしている。一〇〇人分は用意していた。おつまみも皿によそっていた。礼拝が終わったらみんなで飲むのだろうか。中に入ったらなんだか信徒総会のよう。たくさん人が集まっていたが聞いていてもわからないし、礼拝でもなさそうだし、すぐに失礼してまた町を散策。

駅構内をぬけて博物館へ　市内見学

駅構内を抜けたところにスイス国立博物館がある。スイスではツヴィングリによって一五一九年から宗教改革が始まり、カトリックの修道会は解散、教会にあった磔刑のイエス像、聖母子像は取りはらわれた。その一部が博物館に保存されている。

日本の仏像も廃仏毀釈で捨てられたが、博物館で仏像を見るのとおなじで、イエス像を見るのもなにかしっくりしない。それらは信仰の対象であるべきで、保管、保存されているものではないはずだ。二時過ぎ、本日の予定はこのくらいにして、ホテルに引き返す。地図を見間違えて、いったりきたりはしたが、無事散策終了。

ホテル・ロビーにてひろ子さんの到着を待つ。わたしが着いたのとほぼ同じ時刻にホテルバスで到着。しばらく休憩ののち私が今朝回ったコースにほぼ近い感じで町を一回り。夕食はまた近くのスーパーで購入。明日からいやというほど食べることになる。

九月九日

いざ集合地点にむけて出発

昨日と同じ部屋に二人で泊まる。このホテルに一人で泊まっていた一夜目に夜中にドアがノックされた。たぶん部屋を間違えているのだろうが、声を発するのもはばかられ、そのままにした。そんなときは英語でなんというのだろうか?

昔トイレに入っているときの答えかたとか英語の授業で習ったような記憶もあるが、部屋の間違いなど習った記憶がない。

朝食後には二人で袴にお着替え。袴はどちらが前かもわからず。ひろ子さんが幸い着方をネットで探してコピーしてくれていて助かる。なんとか着替えて九時にフロントへおりる。昨日、九時二五分の空港行きのバスを予約しておいた。今度は二人で三〇スイス・フラン。そういえばひろ子さんは昨日三五ユーロ、三五スイス・フランだといわれたと。わたしが一番高かった!

乗り合いバスはすでにきていて、途中のホテルでひとり女性を乗せて空港へ。なんだか九時半には着いてしまった。

それでも、すでにホテル内にはレセプションも出来ていて、なつかしい旅のリーダーの「最後の事件」でホームズたちにローゼンラウイへ行くことをすすめた英国館支配人のピーター・シュタイラー役のクンツさんの姿もある。お元気でよかった！　ロンドンのスイス観光局での働き手アイリーン、地元のスイス観光局のテオが亡くなってしまって、と心配していたけれど、今回も旅のリーダーを務めて下さる。クンツさんはすでに引退されていてチューリッヒ近くにお住まいだとか。

そのうちに、スイス在住のシャーロキアンたちが三々五々に集まってきた。大きな旅行カバンは次の宿泊先のホテルまで運んでもらえるというのが本当に助かる。ここで身軽になり、ロンドンからの一行を待つ。ロビーでジュースをたのむと六スイス・フラン。五〇〇円ほどだから、この五星高級ホテルにしては安い。

参加者と名刺を交換したりする。こちらはエスペラントの大会と違い言葉の壁がある。スイス人はどうも英語は苦にならない様子。私のほうは、ぼちぼち、とつとつと、たどたどしく会話。昔はこういう交流はみな小林まかせだった。

いよいよロンドン組到着

本体の到着は三〇分ほど遅れた。ロンドンのヒースロー空港に朝の六時四五分に集合ではなにかと大変だったことだろう。夕食のときにテーブルが一緒だったキャサリン・クックさんは朝、家からタクシーで空港までいったと。荷物はあるし、ヴィクトリア時代のロングドレス姿では衣装をつけてでは、とても電車というわけにはいかなかったとこぼしていた。

ホテルロビーではバグパイパーの団体がロビーで演奏を開始する。到着まえから演奏をはじめていてやっと最後の曲くらいで一行があらわれる。マスコミ同行取材、テレビなど一五名ほど。かつて同行取材したデイリー・テレグラフ社のカメラマンで「モラン大佐」役の姿はなかった。二〇年の歳月が流れた。二〇年前のホームズ、ワトスン役も変更に。今回のキャストはみな高齢化。あのとき若くてすてきなカップルだったケイトはミセス・ピーターになっていたが、あいかわらず美しい。あとでゆっくり話しましょうねと。

ニューヨークで会った、マルコス君とその彼女の姿も。彼女は「わたしたちBSI同期なのよね」と。スイスに来るように運命づけられていたのかもしれない。

食事はブッフェ・スタイル。各自、別室にブッフェをとりに行く。一皿に盛り込んできたら、みなさんははじめにサラダ系、二回目に暖かいもの、それからデザートとなさるよう。

「どうもわたしたち作法が違っていたらしい」とひろ子さんと顔をみあわせる。

となりの地味な姿のおばさんはロングスカートと白いブラウスに麦わら帽子姿。聞けばアイリーン・アドラーだった。物語の重要な役どころはロンドン・シャーロック・ホームズ会の重鎮が務めているようだ。ヴィクトリア女王は前のツアーからと同じ。今回は一層女王っぽくあたまにクラウンをのせて、衣装もそれなりに周到に用意されている。二〇年前のトスカ枢はご高齢で引退された。女王役の夫君が扮して、いつも彼女をサポートしていた。

観光局の方の挨拶などの後、一行は列車でベルンに向かう。そこで乗りかえてインターラーケン・ヴエストへ。列車は一等。ベルン、インターラーケン・オストまでと窓に予約の紙が貼られていた。スイスパス全土の鉄道のフリーパスが配布されたが、この衣装をつけた奇妙な一団には検札は不要だった。

歓迎・パレード・パフォーマンス

インターラーケン・ヴェスト着。ここの駅からの合流のスイスからの参加者もあった。BSIでも会った、ベルン在住の国際弁護士のメア君。二〇年前、彼は高校生でマイリンゲンのホームズ像に仕掛けられている謎をすべて解き、記念品のマイリンゲンのホームズ像のレプリカをいただいたという秀才だ。今回は「高名の依頼人」で次々に女性を手玉にとるというグルーナー男爵という役柄だ。

あのときの記念品には箱もなく家までホームズ像を抱いて帰ったと、後日談を語ってくれた。世界のホームズ像のコレクターだとのことで、我が家に二つある日本のホームズ像のレプリカを今度箱に入れてさしあげると約束した。

ブラスバンド先頭で、ホームズ、ワトスン、モリアーティ、ハドスン夫人など主要キャストがならび、あとは馬車組のヴィクトリア女王、トスカ枢と歩行困難組。わたしたちその他大勢組は歩いてあとに続く。沿道の観光客はみなカメラを構えている。写真家のひろ子さんはご自身でも写真を撮りたいと、カメラを両肩に十字にかけて大活躍されている。

インターラーケン到着・ヴィクトリア女王ご挨拶

ホテル・ヴィクトリア前にはウイリアム・テルと矢に射られたりんごを手にした息子役などの家族が待ち構えていた。結局、彼らは写真に収まっただけでパフォーマンスはなかった。スイスといえばやはり一番にウイリアム・テルの話だろうか。「アダムとイブ」「ニュートン」とともに世界三大りんごエピ

町をあげての歓迎パレード

ウイリアム・テル一家

矢で射られたりんごを頭にのせている息子

ソードの一つときいていたが、最近は「アップル社」に取って代わられたとか。

ホテルでのレセプション。大英帝国の時代にヴィクトリア女王がこの地を非常に気にいったことから、イギリスのトーマス・クック社がスイスへの団体旅行を企画し、スイスの観光産業が栄えたというエピソードを交えて地元の観光局の人がスピーチをした。その影響でスイス各地にはホテルの名にヴィクトリアを含めて英国のゆかりの名を冠したものが多い。

また、ホームズ物語の「最後の事件」でホームズたちがたどった経路のスイスの地名（ジュネーブ、ロイク（ロイカーバード）、インターラーケン、マイリンゲン）はトーマス・クック社ご推奨の団体旅行の目的地でもあったのだ。

レセプションのあとはインターラーケン・オストまでまたパレード。スイスの古い民族衣装と旗を持つ人たち、カウベルの大小をそれぞれが鳴らしながら行進する地元のボーイスカウト・チームなど町中で歓迎してくれた。

なんとなく流れ解散でそれぞれが割り当てられた三つのホテルへ。私たちのホテルはセント・ジョージ。まさに英国名だ。

ツアー第一夜の晩餐会

今夜の夕食は、このホテルでみなが揃っていただくことになっていて、はじめての全員での顔合わせともなる。

あらかじめお願いしていたので、この夕食の席で小林の記念のピンを参加者に配布することになっている。

英語のメッセージも、短く作っておく。チューリヒの宿で作ったが、またこちらのホテルでも書き直して…。夕食のテーブルはキャサリン・クックと一緒。彼女は「孤独な自転車のり」に登場する住込音楽家庭教師のヴァイオレット・スミス役。次の日、タクトをふって歌の指揮をしていた。よく考えてあるなと思う。

ここでも参加者の紹介はなく、短いロンドン・シャーロック・ホームズ会の会長（「ボヘミアの醜聞」のボヘミア王役）の挨拶があっただけ。恰幅のよさからもボヘミア王にぴったりで、ときに物語になぞらえて覆面をしたりと心くばりをみせている。ツアーについての説明は明日の集合時刻の発表があっただけ。

デザートも終わったころに記念品を配るようにとのことで、ひろ子さんと二人でみなさまに手渡した。記念のピンには小さなメッセージ・カードも同封しておいた。

宴会は一〇時過ぎにはお開きだが部屋にもどり、治らない時差ぼけで、ベッドに倒れこむ。長旅なので今日からはひとり部屋にした。今日は宿泊のホテルでの晩餐会でよかった。

九月十日

点呼もなしでの出発

一〇時一〇分前にインターラーケン・オスト駅集合。九時半にホテルを出ましょうねとひろ子さんと約束していた。下に降りる前にお部屋にいったらすぐ下りますとのことだったが…ぎりぎり四五分に下りてこられて駅に急ぐ。幸いわたしたちのあとにも二、三人。駅に着くとすでにみなさんホームに。配布されていた旅程表だと一〇時二一分の列車だから結構余裕よねと思ったが、列車に乗るとすぐに発車。一〇時四分発。点呼するわけでもなく、日本の団体旅行だったらみなさんいらっしゃいますかの一言があるが、そういうことは一切ない。遅れたらあなたの責任という方式。昨夜みなさんにプレゼントしたピンをほとんどの方がつけていて、つけていない人からは今日の服の色にあわないから明日にはつけるわねと言われる。みなさんによろこんでいただけてよかった。

決められた時刻にいないのは権利放棄。エスペラント世界大会のオプショナル・ツアーもヨーロッパではそのようだったが、この夏のベトナムでの世界大会では来ない人を三〇分は待っていた。あのときはいないと思った二人は別のバスに乗っていたのだけれど。お国がらの違いだろうか。

グリッセン・バッハ滝へ

ブリエンツ駅で下車。すぐに湖観光船に。前回のスイス・ツアーでも乗った。今回のホームズ、ワト

今回のホームズ役（左）とワトスン役（右）

自転車で通りがかった女性と記念写真に収まるボヘミア王（右端）とホームズ

グリッセン・バッハの滝（右下）

スンは少々高齢、マスコミ向けのポーズも少ない。それでもブリエンツ湖を背景に少し立ってみせていた。普通のジーンズ姿のマスコミがいい場所を占拠。絵にならないのが困りものだった。

あっというまにグリッセン・バッハの港に着。ここから、湖からみえた山の上に建つホテルまでフニクラで上る。そこはすてきなこの島に一件しかない高級リゾートホテルだ。トイレ拝借。トイレの中には冬にぜひこのホテルにご滞在くださいとの、雪景色の中に建つホテルの広告。こんなところでひと冬を過ごしたらどんなにかいいだろうなと心が動く。

滝の方まで歩いて行く。この滝でグラナダ・テレビの「最後の事件」でモリアーティがホームズと出会い、決闘するシーンを撮ったそうだ。たしかに、三段滝の豪壮さにはかけるが、水しぶきなどはあのテレビのシーンにぴったりだ。

ちょうど二台の自転車で通りがかった若い女性二人から自転車をかりうけて、「孤独な自転車乗り」のヴァイオレット・スミスがひとりさみしい道を走る、そのあとをひそかに追いかけるカラザースに扮した人物が並んでいるところを参加者が再現して楽しんでいた。

わたしは滝の上などをみていて写真に収めそこねたが、無事ひろ子さんがキャッチ。

ランチタイムには多彩の余興

また、この滝をテーマにパロディを書いたヘルミ・ジグも参加していた。彼は昼食のあとに自らの犯した罪をトスカ枢機卿に告白するという寸劇も演じてみせた。参加者には彼からのドイツ語と英語のバージョンが一体となった本が寄贈された。

ランチの合間にハドスン夫人がピアノの演奏を、キャラクター・ネームを失念してしまったおじ様がヴィクトリア朝時代の歌を披露。プロのボードビリアンだったそう。多才な人材が揃っていて感心する。住込音楽家庭教師ヴァイオレット・スミス役はタクトをふって合唱を誘うが知っている歌はない。いつも例会や会合でみなさん歌っておられる模様で合唱しておられる。旅の出発時に歌集も配布されてはいるのだが。

二〇年前に純白のドレスに身をつつんだケイトとの、素敵なダンスを披露してくれたピーター。当時は恋人同士だったのだが、いまはピーター夫妻。

今回も二人はたくみな踊りを見せてくれた。ケイトは「高名の依頼人」に登場するヴァイオレット・ド・メルヴィル。この娘を悪辣な男の手から守ろうとホームズに捜査を依頼した主が高名な人物だったというわけなのだ。二人の踊りはメヌエット一曲でちょっとさみしかった。音楽はiPodに入れての持参で時代の流れを感じた。

九一年のツアーのあとに「わたしたち二人、日本でダンスの公演をしたいのだが、つてはないものか」という手紙をもらった。あいにくそのようなことは不慣れなのでとその旨返信をした。彼らはプロのダンサーなのだと勝手に思い込んでいたのだが、あとからダンスは趣味、ピーターの本職は法廷弁護士と知った。よくみたら手紙の彼の住所は「インナー・テンプル」とあった。「ボヘミアの醜聞」でアイリーンと大急ぎで結婚式をあげたノートンもこの「インナー・テンプル」の弁護士だった。それを見逃したのはうかつだった。

ピーターは今回はモリアーティ役と「フランシス・カーファックスの失踪」にでてくる悪漢の牧師ホーリー・ピーターの二役で大活躍だった。

ホーリー・ピーターは一人二役で大忙し

設計図をウェストベリ嬢にみせびらかすフォン・ボルク

登場人物になりきったお遊び

ふたたびフニクラで船着場へ降りる。庭では多くの客がランチを楽しんでいた。外国からの客よりは近隣からという感じだった。ちなみに日本からの持参の観光ガイドにはこの島のことはひとことの紹介もなかった。

三時近くにふたたび船でインターラーケン・オストへ向かう。船着場で「ブルース‐パーティントン設計図」に登場する殺されたカドガン・ウエストの婚約者に扮するヴァイオレット・ウエストベリと知り合う。そういえば昼食の席でこの「最後の挨拶」に登場するドイツ・スパイ、フォン・ボルクになりきり、しきりに設計図をみせびらかしていたのがマルコス君だった。二人を引き合わせて設計図をひろげてもらう。

「それにしても、なぜフォン・ボルグが設計書を持っていたのかしら」

と彼女に水をむけると彼女いわく

「スコットランド・ヤードのレストレイド警部からもらったそうよ」と。

さらに、帰りは湖を一巡してオストへと向かう。船上ではトスカ枢機卿の葬式をホーリー・ピーターが取り仕切るというパフォーマンスもあった。ピーターの衣装付けにケイトも大忙し。聖職者の衣装だのビニール製のカラス、さらにこちらでは死者に履かせるという黒靴、トスカ卿の首にさげる大きなロザリオまで、すべてこの日のために購入してきたのだそう。日本でもお坊さんの袈裟や数珠を売る専門店があるが、英国にもそういう店があるようだ。

歓迎は続く

そうこうするうちに船は湖を一巡してインターラーケン・オスト駅の裏の船着場に到着した。

そこから町の広場に出て、ブラスバンドの歓迎、町の市長さんのスピーチ、ヴィクトリア女王がズールー戦争で功績のあったクリスチャン・フェルディナンドを叙勲するというパフォーマンス。このズールー戦争とは一八七九年に大英帝国と南アフリカのズールー王国での戦いのこと。

つづいて、ホテル・インターラーケンでレセプションと続いた。

そこでこの地の観光局長と挨拶。彼は大津市とこの町が姉妹都市であることから何回か日本に行ったことがあるとかで日本語を披露してくれた。

「こんばんは」「飲みましょう」「あなたは美しい」の三語が話せるとのこと。

日本でも日本人がきっと英語で応接していたに違いない。

夜はハーダー山頂で民族音楽の夕べ

ホテルでひとやすみ、ハーダー山頂にある一軒レストランにフニクラで向かう。七時に到着。山頂の展望台からはインターラーケンの町が見え、はるか向こうには明日訪れるユングフラウの山の頂上、その横にはアイガーが。山好きにはこたえられない風景だろう。

ひろ子さんは山からそそり出ている展望台の先端まで行き、その姿を写真に収めてほしいと果敢に最先端まで行く。ホームズ像の作者の彫刻家のダブルデイさんが「あなたも行きなさいよ、ここから写真とってあげるから」と親切に言ってくれたが、高所恐怖なのでだめですとお断りする。

ダブルデイさんとも旧知のなか。彼のお宅を訪問して、マイリンゲンの町に建立したホームズ像のレプリカを受けとり、そのあと空港まで送っていただいたこともある。

「ここに来られてよかったね。病気はしていなかった?」と、さまざまに心配りをしてくださる。「人生にはいろいろあるからね」とも。

彼も最愛の長男をロンドンの地下鉄事故で亡くしたという本当につらい体験をしている。今回は奥様もご一緒。しずかな方。とくにシャーロキアンではなさそうだが、夫との旅を楽しんでいるという感じだった。

夕食はスイスの典型的な料理で、スープ、メインの羊肉、ジャガイモのスライスしたものなどなど。スイスのデザートは本当においしい。

地元の方々がアルペンホルンで歓迎してくれて、ヨーデルも女性と男性の二重唱。カウベルの演奏と続いたとおもったらナマハゲもどきのトロールも登場。レストランの従業員が着ぐるみにはいっていたのだろうか。七、八人のトロールが出てきて、サービス満点。

感激のさめないまま、月明かりに照らされたインターラーケンの夜景をみながらフニクラの乗り場へ。ベンチでオックスフォード大学に勤務しているという「ボスコム谷の惨劇」のアリス・ターナー役の女性と話す。

「ガイリッチのこのあいだのモリアーティの部屋の撮影、オックスフォードじゃなかったかしら」というと、

「ほんと残念よ。あれはケンブリッジで撮影したの」との返事。

二〇一一年公開のガイリッチ監督の映画「シャーロック・ホームズ　シャドウゲーム」でモリアーティ教授の大学の書斎が写し出されるシーンがあったのだ。

彼女いわく、ホームズの出身大学についてのシンポジウムもあったけれど、どちらの大学の出身かの結論がでなかったと。遊びの世界のこと。

九月十一日
三日目は余裕で駅へ

今日はまだ三日目だが、ほんとうに盛りだくさんのプログラム。

朝は昨日にこりて七時に朝食ね、と。食堂につくと長蛇の列。びっくりしてひろ子さんに電話。もどると、団体さんの列でわたしたちは別室だった。ちょっと早めに始めて、今日はもう余裕で駅へ。

昨日は「バスカヴィル家の犬」に登場する地方の医者で事件依頼人のジェームズ・モーティマ役で旅行カバンにちいさな携帯用のウイスキー瓶を持っていたヴィンセント・ディレイと、「株式仲買店員」役でパソコンで自作した株券を持っていたスイスからの二人組が今日は駅員役。

スイスの鉄道博物館から駅員の制服一式を貸し出してもらってきたそうで、しかもジェームズ・モリ

アーティの弟で二人とも同じ名前で駅員をしているという人物に扮している。ヴィンセント・ディレイはローザンヌにある「シャーロック・ホームズ博物館」の管理者で作家、いつも写真を撮りまくっているひろ子さんに、いつでもローザンヌに来たらホームズの部屋の中まで入り写真を撮らせてあげましょうとのありがたいお申し出があった。（後日この訪問が実現した。5章参照）

ユングフラウ鉄道一〇〇周年記念行事

ほぼ定刻に小旗をもって観光局の人がきて、みなを先導して列車に。クライネ・シャイデックで下りる。

ここでまたアルペンホルンの歓迎につづき地元のおばちゃんたちのコーラスが披露された。無伴奏なのに素敵なハーモニー。みなヴィクトリア時代の衣装に帽子もつけている。英国に敬意を表してか「マイ・フェア・レディ」の中の曲も選んであった。

ここで、犯罪界の帝王モリアーティが実はユングフラウ鉄道を買収した、というパフォーマンスが披露される。一九一二年開業のユングフラウ鉄道一〇〇周年記念行事の一貫でもあるのだ。

鉄道名もモリアーティにちなんだ「MMR鉄道」と名前を変えたのだとして、その株式券も印刷して参加者に配るという念の入れようだ。

モリアーティ・マウンテン・レイルウエイの略。ところがこれが英国で行っている子どものための三種混合予防接種と同じ略号でダブルミーニングになっていて笑えるのだそう。あとからロンドンの参加者から教えられた。

そこにあった列車にはユングフラウ鉄道開通一〇〇周年の記念プレートが飾られていた。

モリアーティが買収した「MMR 鉄道」の看板。左下に見えるのはユングフラウ鉄道開通 100 周年の記念プレート。中央は変装したホームズ。右端は旅のリーダー、ピーター・シュタイラー

一〇〇年まえに、すでにユングフラウ・ヨッホまでの急勾配をアプト式を使った列車を運行していたとは、さすが観光立国と感心した。ユングフラウはスイス国内随一の人気スポットでもあったのだろう。

姉妹都市の大津から送られた大津のマークを付けた列車もあった。

パフォーマンスのあとは一同山頂へとむかう。団体客も多く、日本人、台湾人のグループにも出会った。

山頂は富士山とほぼ同じ高さということで日本から赤い郵便ポストが贈られている。ここから投函した時の消印が貴重だとか。

アイスパレスには氷のホームズ像が

酸素が希薄なので胸がどきどきする。体調のすぐれない仲間は二時の列車で下山した。食事の前に下山した人もいたようだ。スープにつづきスイスの肉料理が山盛り。

ユングフラウヨッホ山頂にて、ホームズとワトスン。

日本の二人前くらい。とにかく半分は残すことを心がけている。デザートは砂糖でホームズの顔を形どるというサービスぶりだ。

ユングフラウの頂上にあるアイスパレスでは今回の旅行のメイン・イヴェント、ダブルデイさんの作品、氷の立派なホームズ像が披露された。以前にもここに氷のホームズ彫刻があったのだが歳月とともに溶けてしまうので新しく作り直したという。数年で溶けてしまうのがなんとも残念だ。一週間の泊り込み作業で完成させたのだそうだ。

なつかしのグリンデルワルト

帰りはグリンデルワルト経由でインターラーケンまで戻る。九一年のツアーの折、グリンデルワルトでのイヴェントでワトスン(役)がウイリアムテルの持っていたような弓で矢を的にあてるというパフォーマンスをしたところ、矢は的から一メートル以上も外れてホテルの窓ガラスを射抜いてしまい「おわびしなければ」と言っていたのを思い起こした。

今回のツアーでは当時のワトスン役の姿はない。

夕方、オスト駅にもどると、小雨が降りだしていて、あわててホテルへ。駅前のキヨスクのようなところ（COPO）で水を一・五Lボトル二本購入。となりのみやげものやでは一本二スイス・フランなのにここでは二本でも二スイス・フランしない。こんな旅先でも主婦している自分に笑えてしまう。

第一回のスイスツアーの映画の上映

雨なので洗える着物で今晩の晩餐会の会場となっているホテル・デュ・ラックへ。

今日は一九六八年の第一回のホームズ巡礼スイスツアーの映画をみせてもらう。そのときからピーター・シュタイラー役で旅のリーダーを務めるロンドンのスイス政府観光局のクンツの姿が映し出された。ポアロのような付け髭姿は今回も変わらない。そして秘書役には今はなき同観光局のアイリーンが活躍していた。ライヘンバッハ滝の有名なシーンの再現もあって映画は三〇分ほどだったが、よくまとまっていて楽しめた。解説はクンツさん自らが行った。

また、連絡のあった今回のツアーを記念した論集『シャーロック・ホームズとスイス』も予約していたので三冊うけとる。ポンドも用意してきたのだが、スイス・フランでのお支払い。

立派な内容で古い論文から新しいものまで、楽しいイラストつきだ。

ロンドン・シャーロック・ホームズ会から、たぶん最高齢者参加者らしき人物にも記念の額が贈呈された。特別賞で今は亡きロンドン・シャーロック・ホームズ会の重鎮でモリアーティ役もつとめていたアンソニー・ホーレットさんらが基金を作ったというような話だったが詳細は不明。とにかく写真を撮らせてもらっておく。

そのほかに参加者にピンを配布してくれたお礼にとわたしにもインターラーケンのきれいな写真集をいただいた。

小雨のなか解散。明日は自由時間で夕食はホテル・インターラーケンでホームズ・ディナーがあるからそれに行こうねと話していたら、同じテーブルだったスイスの仲間が夕食を一緒にと誘ってくれてた。いいお店に案内するというのでひろ子さんとそちらに行くことにする。

九月十二日
一日休養の日

一日フリータイム。衣装をつけないと、道であっても仲間かどうかわからない。朝から衣装つけて朝食にきている女性もいる。ほかに服は持ってこなかったのかと心配。一人参加で、ドイツのハノーバー近くからだそう。（後日談。彼女はこのツアーで知り合った英国の方とツアー中に意気投合して結婚された。ツアーのおりにはお二人で一緒の姿は見かけなかったような気がするのだが…）

朝ゆっくりして昼ごろから町へ。ヴェストの方に向かい、土産もの屋をのぞいたりする。あるところで、懐中電灯を見つけて土産に。鈴などはもういらないかなと。そのほか入りきらない荷物のためにあらかじめカバンも購入。予備を持ってくるべきだった。

二〇年前の五〇スイス・フラン札も銀行で新券に交換。銀行は昼休み一二時から一時半までしっかり店舗をしめているので土産ものやをのぞきつつ、銀行へ。窓口ですんなり交換してもらえた。どこの国もだろうが偽札対策で札が新しくなっているようだ。

帰りに、着いたときに歓迎レセプションをしたホテル・ヴィクトリアで一休み。「この町で一番いいホテルだからお茶をするといいよ」とチューリッヒからの参加の夫妻に勧められていた。このご夫妻はクンツさんの近くに住んでいて旅好きということもあり、クンツさんに誘われ、貸し衣装で対応しての参加だそう。夫君は「技師の親指」に登場する贋金づくりライサンダー・スタークに扮していて、いつでも偽札を持ち歩いて参加者に配っている。夫人はその物語に登場するエリーズ役。

荷物をおいて今度はオスト方向へ。ブラウスと薄い上着しか持ってこなかったのは失敗だった。近くの店でフリースのジャンパーを購入。目抜きの高級店だったようでバーゲンでも五〇スイス・フラン近い。しっかりした品だったが衣類にはお金は掛けないで生活しているので少々痛手だ。駅前の大きなコープで土産のチョコなどを買い足し。ゆっくり食料品などをながめる。いろいろ買いたいけれども食品も家に帰ればあまり気味。見るだけにとどめる。

スイスからの仲間と夕食　スイスのお国事情も垣間見て

夕食は昨夜テーブルを一緒にしたスイスのフランス語圏のシャーロキアンのグループに合流して食事にでかける。三〇分ほど歩いた、ヴェスト駅のさらに踏み切りを渡った奥まったところにある、昔税関だか市役所だったとかの古い建物をレストランにしたところ。一人だったらとても見つけられないような素敵なところだった。

各自好きなメニューで、ここはスイス方式で飲み物もすべて各自で。みんなでまとめて費用を割るというようなことはしない。

珍しくメニューに魚があり、注文してみる。皿は普通盛りとクライネ（小盛り）がある。魚はクライネで十分すぎるほど来て、おいしいと思ったところで、何か硬いものが。このあいだバナナチップスを食べていて取れたのを補修した歯が抜け落ちた。土台がいたんでいるから硬いものは食べないでねとは言われていたけれども、土台から割れた。帰ったらすぐ歯医者か、入れ歯、インプラントもいやだし、と思うと気重。

今日から参加してきた美しく若い女性。フランス語圏の小さな町の観光局勤務とのこと。英語も自由に操るが、お父さんがドイツ語圏、お母さんがフランス語圏。住んでいるのはフランス語圏、家庭内はドイツ語が共通語。兄弟だけのときはフランス語で話すが、けんかになると自然にドイツ語になり、こどもはお母さんとはフランス語、お父さんとはドイツ語で話すのだという。

スイスではこれが当たり前の光景のようだが、ドイツ語圏のほうが主要都市を占めているのでフランス語圏は弱小ともこぼしていた。さらに家族はみなプロテスタントだけれどお母さんはカルバン派、お父さんはルター派、彼女はエキュメニカル（超教派、宗教一致）とのこと。わたしもエキュメニカルなので話がはずんだ。観光局の隣の教会が巡礼道になっていて、そこの教会はエキュメニカル。スイスはカルバン派の新教発祥の地でほとんどがプロテスタントに改革されてしまっている。

昔カトリック教会だったところが改革派となり、壁画をみな塗りつぶしたりした。ところがその壁をはぎとって一〇〇年前に修復したところ、マリア像が現われたこともあると語ってくれた。また、時間帯で各教派が使い分けているらしく、彼女が出たカトリックのミサのときには隣の人のをまねているのだと。

聖体拝領はカトリックだけで、新教の教会では礼拝の都度にはしないらしく、一日目の教会も聖体拝領はなかった。彼女は「白銀号事件」に登場するロス大佐の馬の調教師で謎の死をとげたストレイカーの愛人役で、豪華なドレスを注文したというダービシャ夫人。聞いたら、その役柄にあう豪華なドレスは彼女のサイズにあわせて観光局が用意してくれたそうで、「カンデルシュテークでのお祭りにまたこれを着ていくのよ」と。

明日は早いしとお開きになったが、一〇時もかなりまわっていた。

九月十三日

小雪舞うホテルへ

曇りがちながら晴れ。七時四五分、特別仕立ての蒸気機関車でマイリンゲンへ。この蒸気機関車を仕立てる費用はボヘミア王個人の負担だとのことで、王自らが車内で全員に切符を配布した。

なつかしのマイリンゲンだが、朝は素通りで、インテルキルヒ駅に。あらかじめ四つのグループに分けられていて私はピンク班。前の日からつり橋はいやだからといっていたが、なんとなく組み分けにはいってしまった。ポストバスで上高地のようなところへ。どんどん山の上にいくと、なんと小雪が舞っているではないか。五センチほど積もった雪のなかをすべらないようにホテルへ。

ホテル・グリムジル（Hotel Grimsel）は特にホームズ物語には登場しないのだが、山の上で夏冬楽しめる超高級ホテルの様子で遠来の客も多いようだ。

寒いがホテルの暖炉に火はなく、スイス人のマルコス君の頼んだのと同じホットチョコレートを頼み、暖をとる。となりにロンドン・シャーロック・ホームズ会に所属しているあつこさん。彼女は「黄色の

雪の中のホテル・グリムジル

顔」で夜中にこっそりと屋敷を抜け出して隣の家に行くというアメリカ生まれのエフィイ・マンロー夫人の役。不審に思った夫がホームズに調査依頼した。彼女のイギリス名はアンジェラさんで偶然にも大学の先輩だった。すでに四〇年間イギリスにすんでいて、一八年前にご主人を亡くされ、日本にはすでに親戚がないのでイギリスに骨を埋める覚悟だと。ロンドンに長く住んでいたが、いまはデボン州の閑静なところに住んでいて、地元の教会活動に熱心に参加しているそうだ。ホームズ・ツアーにはこれからもぜひ参加したいわと。いろいろな人生がある。

恐ろしい吊り橋

ホテルで休息ののちグループ分けにしたがって出発。山を下りハンデック（Handeck）から、心配していたつり橋へ。

急勾配のゲルマー・フニクラ

見るだけで恐ろしいつり橋

普通の自動車道もあるようだったが思い切ってつり橋に。「大丈夫ですよ、行きましょう。東山さん」のひろ子さんのことばに励まされる。つり橋の手すりが冷たくて大変。もたもたしていたら、うしろから早く進んでの声も。下は見ないようにしてなんとか渡り切る。帰りは遠回りになるが自動道で戻る。こちらも観光名所になっている。

つり橋はこりごり、あの恐ろしい思いは二度は結構。ところが、ほとんどの人はもう一度つり橋を渡って戻ってきた。これには恐れ入った。

垂直に登るフニクラにも乗る

つぎはまた、見るも恐ろしいゲルマー（Gelmer）・フニクラに。配られたツアーの案内には一〇六パーセントの勾配とある。乗り場でどうしようかと思いあぐねていた。なにしろ垂直にフニクラが登っていくのだ。もしかしたら帰りは緩やかなフニクラで下れるかもしれないという淡い期待もいだく。とにかく私は高所恐怖症で、遊園地でのジェットコースター、観覧車のたぐいは乗ったことがない。わたしたちが乗ろうとしたフニクラで第一陣の一部が降りてきた。

フニクラの頂上、先頭を行くのはホームズ

ということは行った先からの別のルートはないということで、期待は早くも崩れた。

「せっかく来たんだから乗りましょうよ」とまたひろ子さんに励まされてとにかく乗り込む。ほとんど目をつむったまま。

終点という頂上に上ってみれば一面の雪、さらに柵のないゲルマー湖。近くによるのも恐ろしいし、寒いしで戻ろうと思ったらダブルディさんが降りるのならこのフニクラでとわざわざ案内してくださったうえに、一人でのると怖いから誰かにぴったりくっついて乗りなさいと。

ちょうどマルコス君とヘレンの二人組と一緒になり、一緒に降りることにした。上に居つづけるわけはいかない。ヘレンは「這う男」のプレベリ教授の娘エディス役。九一年ツアーで牛の着ぐるみの中に入ってカウダンスを披露した一団の一人でマルコス君とは九一年以来の遠距離恋愛中。

「下みないで、上みて、楽しいこと話しましょうと」ところがもう話どころではない。なんとか無事に下まで降りた。もう足はがくがく。気心の知れた二人にしっかり張り付いていてよかった。

ホームズはマイリンゲンの名誉市民に

つぎは、ポスト・バスでマイリンゲン駅前まで。行きは列車で素通りしたところ。ホームズ・ファンにとってはロンドン・ベイカー街につぐ第二の聖地。なにしろ、ホームズがモリアーティ教授と組討ちのまま落ちたというライヘンバッハの滝がある町だ。わたしもスイス・ツアーですでに三回、その前にも小林と娘たちとで一回、今回で五回目の訪問となる。今回のホテルは駅のすぐ近くのモダンなアルパン・シェルパ。

ホームズ座像のある広場はコナン・ドイル・プレース

荷物はロビーまでしか届いていないので各自で荷物を部屋にあげる。いままでは荷物は部屋にすでに運びこまれているという至れり尽くせりのサービスだった。

一休みして七時からコナン・ドイル広場での町の歓迎会。ホームズへの「名誉市民」称の再発行。コピーはお部屋に届いていた書類のなかに入っていた。ここでもマイリンゲンの市長などが英語で祝辞。ホームズがドイツ語で返礼。これが

「最後の事件」に登場する英国旅館、パークホテル・ソバージュ

しきたりのようだ。地元の方たちがホームズ時代の山登りの衣装などをつけてわざわざお出迎え。

コナン・ドイル広場と命名されている広場にある英国教会の入り口には、スイス・ツアーのたびにお世話をしてくれていたスイス政府観光局のロンドンのアイリーン・ホーマン、チューリヒの観光局のテオ・ヴァイラーをしのぶプレートがダブルデイ氏により今回新しく設置された。その作者サインはダブルデイのキャラクター・ネーム「オスカル・ムニエ」と刻まれていた。オスカル・ムニエとは「空き家の冒険」のときに敵をあざむくために窓辺においたホームズの胸像を作ったフランス人彫刻家の名前である。

アイリーンは常に明るく、テオは静かにツアーにいつも寄り添ってくれていた。この二人を亡くしたクンツ氏はひとりでツアーを率いらねばならず、本当に大変だったと思う。

それぞれの功績もたたえられた。特にテオはスイスの均一鉄道パスと博物館・美術館の入場をセットにするという企画を実践した人物として観光局内でも高く評価されているそうだし、立派な著作もあるのだと紹介されていた。

「ホームズ物語」の「最後の事件」に登場する英国旅館（アングリシャ・ホフ）であると正式に認定されているパークホテル・ソバージュで三晩とも晩餐会がひらかれた。デザートだけは一人ずつ配られるが、あとはブッフェ。サーブする人手も足りないのだろうか。ほかの団体客も多いようだった。

九月二十四日

列車の中は楽しい語らいの場

今日も晴れ。マイリンゲン駅からもう一度インターラーケン・オストを経由して、再びグリンデルワルトへと向かう。

列車のなかで乗り合わせたのは、「高名の依頼人」に登場するグルーナー男爵の元恋人で後に男爵に硫酸を浴びせるというキティ・ウンター役のヒザー・オーウェン。ひとときはロンドンのシャーロック・ホームズ・ジャーナルの編集など活発に活躍されていた。日本語が趣味で四年間毎週土曜日に三時間日本語を勉強しているとのことだった。日本の四国八十八ヶ所めぐりをしたいという。彼女の友人は三ヶ月かけて四国巡礼を果たしたそう。ひとしきり、四国巡礼の話に花が咲く。

「四国を回ったら最後は高野山というところへみんな行きます。スタンプ集めるんですよね」。

当時の登山の様子。日本にもあった行李がなつかしい。左は東山

談笑するボヘミア王

ホームズ時代の服装で私たちをむかえてくれたマイリンゲンの人たち

乗り換えてからはアメリカのヘビースモーカーのマリア、役は「赤い輪」のエミリア・ルカス、スイスからのメア君と同席。彼は国際弁護士として活躍中で「高名の依頼人」の女を手玉にとる悪党のグルーナー男爵に扮している。

わたしはエスペラントを話しますというと、意外にもエミリアが「わたしも勉強したかったのだけどお父さんがまずは英語っていうので止めました」と。

ここで、なんでわたしがエスペラントを話すのかをちょっと説明する。

「英国人は生まれながらに英語で、わたしたちは一生懸命勉強しても生まれながらの人には追いつかない。これって平等ではないよね」

といったら、よくわかってくれたみたい。エミリアは旧ユーゴスラビアの出身で帰りにパリ、ユーゴに友達を訪ねてから帰ると。たぶんユーゴからアメリカへの移民。

「ほんとはボスニアっていう国名だけどね、そう呼びたくないの」と付け加えてくれた。

ユーゴスラビアでの地元のことばから英語圏に移って苦労もあったのだろう。

住みたい町の第一位？　グリンデルワルト

グリンデルワルトは前回のホームズ・ツアーでも訪れた。素敵な観光地である。

その昔、娘二人を連れてもここを訪ねて、小さな日本語案内所で駅近くのかわいらしい民宿のようなところを紹介された。松田聖子ちゃんも泊まった宿だったので娘たちが喜んだこともなつかしい。

長野のお友達はここのシャレーでふた夏を過ごしたと。冬は寒さも厳しいだろうが、今の時期は本当に快適に思えた。

いつもパイプタバコのスイスのフランス語圏からきている「花婿失踪事件」のウインジバンクに扮している彼も、ここは素晴らしいところだからここに住みたいと言っていた。夏の最大の避暑地なのかもしれない。

どこをみても絵になる。切り抜けばすべて絵はがきになるような景色。今日はぬけるような青空。

町の観光案内所まで歩いてゆき、見学。

山々に囲まれたベッターホルン

そのあとバスで山頂のベッターホーンのホテルまで移動し、昼食。アメリカのロスから参加した、ボヘミア王の婚約相手、スカンディナヴィア国女の第二王女のクロチルド姫役、ドイツから参加の「プライオリ学校」で犯人を追いかけて殺されてしまったドイツ語教師のハイデッガー役などとテーブルを囲む。英国の方たちは英国の方たちで、英国以外の参加者はなんとなくいつも一緒という感じでグループ分けされている。言葉の問題もあるしということだろう。ドイツからは今回数人参加している。みなさんスイスには列車で数時間で来られるそうだ。キャスト表に国名が表示されるわけでもなく、自己紹介があるわけでもなく、自らが話しかけないかぎりわからないままになる。

いつも飲み物は各自会計なのだが、今回にかぎりグリンデルワルトの観光局のおごり。旅のリーダーのピーター・シュタイラーが「みなさん悪いお知らせです」とお支払いの段階でのお知らせ。前もって言わないところがいい。

バスでローゼンラウイへ

次はローゼンラウイへ。ここは「最後の事件」でアングリッシャ・ホフの主人ピーター・シュタイラから勧められてホームズとワトスンがマイリンゲンの村から徒歩で目指したところ。途中ワトスンはモリアーティのにせ手紙で宿屋に戻り、ホームズ一人がライヘンバッハ滝でモリアーティと世紀の決闘を繰り広げることになった。だからここへはホームズたちは来てはいない。

一回目にホームズ・ツアーに参加したときにはマイリンゲンからタクシーを頼んでローゼンラウイのホテルまで行った。五月の雪解け水のなかに、あたり一面に紫のクロッカスが咲いていたことが記憶に残っている。ホテルはまだ休業中だったし、バスも運休中だった。

今回は観光シーズンで普通に登山客もある。山歩きは苦手とローゼンラウイのホテルでの休憩組もあった。わたしたちは水しぶきがかかる急な石段を小一時間も上ってローゼンラウイ渓谷の遊歩道をいった。旅のリーダーのクンツさんも頑張って上っている。すでに八〇歳を越しておられるそうだが健脚だ。

この渓谷に入るのは有料になっている。ひとまわりして頂上から下ってくると有料パスの入り口の茶屋に出るようなルートになっている。ここの茶屋でそれぞれに休憩。

ここで「最後の挨拶」のスパイ、フォン・ヴォルク役のマルコス君は白いハンカチーフ（クロロホルムにひたしてある？）を出して見せたかと思ったら、トカイワインをホームズとワトスンに勧めている。

この店においてあるワインかと思ったらわざわざ持参してきたのだという。物語ではフォン・ヴォルクのほうがホームズにクロロホルムを嗅がされたのだったが。さらに、この物語ではフォン・ヴォルクを捉えたあとでホームズとワトスン二人はトカイワインで乾杯している。ホームズはハンガリー産の芳醇で濃厚な味のトカイワインには目がなかった。このとき味わったワインはシェーンブルン宮殿のフランツ・ヨゼフのワイン貯蔵庫にあったものだといわれている。

トカイワインまで持ち込む遊び心に拍手。

ツベルギの茶屋から町までの山下り

またバスでマイリンゲンへ。歩きたい人はツベルギの茶屋から徒歩で町に下りてもいいということなり、ライヘンバッハの滝の展望台のちょうど反対がわにつけられているホームズ・モリアーティ決闘場面の星印のところまで徒歩組はそろって行く。それぞれに決闘の場所を示す星印のしたで記念写真をとったり、明日が本番の決闘シーンなのにモリアーティとホームズが戯れたり、それぞれに楽しんでから三々五々に山を下る。決闘を記念したプレートもスイスのシャーロッキアンによって設置されている。

途中ホームズ役の方が足が思わしくないと自動車道を行くことになった。私もかなり足が痛いので自動車道を選んだ。ローゼンラウイの茶屋での蜂蜜ジュースがきいたのかトイレにも行きたいしと少々焦り気味。

ホームズさんが「先に行って」というのでわたしは急いで歩いて、パブのようなものを見つけてトイレを拝借。長く歩いて来たのでというと快く使わせてくれた。私の奇妙な服装に入っていた客も驚いたようすだがいちいち説明する間もなく慌てて出て行くと、ホームズさん、ワトスンさんとクロチルド姫が待っていてくださる。ありがたいこと。ワトスンさんともすっかり仲良くなれた。足が痛いといったら、彼らのホテルの前で別れるときに送っていかなくて大丈夫かと心配してくれた。

今日は軽く二万歩は歩いただろう。

夜は研究発表

あわてて着替えてまたディナーに。食後にはフォン・ヴォルクによる研究発表。テーマは「シャーロ

スイスのホームズ会「ライヘンバッハ・イレギュラーズ」によって1991年に設置された、決闘を記念するプレート。「1891年5月4日にシャーロック・ホームズは宿敵モリアーティ教授を倒した」とある

ック・ホームズの死に関する最後の挨拶」。

本題とはずれるが私の興味を引いたのは「コナン・ドイルがスイスのダボスに到着してすぐにベルベデーレに宿泊したことは確かだ」との発表。いままでは「クワハウスにいて、それからベルベデーレに移った」と聞いていた。終わってから確認に行ったが「わたしの研究では間違いなくまっすぐにベルベデーレに行った」とのこと。

この論文は出版される予定とのことだった。

ちょうど日本シャーロック・ホームズ・クラブの会報、ベイカー街通信で何号にもわたって質疑応答が繰り返されていたので興味深かった。まあ、ドイルがダボスに行ってどこに宿泊したのかとか、かなり枝葉末節のことだがそこにこだわってとことん追求するのも楽しいのだ。

彼はいずれダボスを基点にしたホームズセミナーを二、三年後に企画するともいっていた。そのときにはぜひ知らせてねといっておいた。

スイスの国内の研究ということになれば日本人では手に負えないところがある。マルコス君はスイスのベティカなど、多くの資料を参考にしているので参考資料一覧もぜひ見てほしいとも言っていた。

（ダボスのセミナーは二〇一四年に開催され参加することができた。6章参照）

九月十五日

旅のハイライト　決闘再現

いよいよライヘンバッハの滝での決闘の再現の日が来た。モリアーティ役のピーターは大活躍。マスコミ向けに写真用のストップモーション、動画用に演技とサービス満点。（人がきの中で写真は撮れず）。きれいなお嬢さんがヴィクトリア朝の衣装に身を包み今日から参加されたので、聞いたらテレビのキャスターだそうで、今晩スイスの何とかいう局で二分三〇秒流すのだと。

ライヘンバッハ滝からフニクラを降りると、ホームズの死を悼んで黒の喪章が配られ、待ち構えていた地元のバンドが悲しいメロディを奏でるなかで、昼食。

スイス名物のエメンタールチーズが振る舞われる。特別の機械で大きな円形チーズの表面を熱で溶かしてジャガイモに添えるのがメイン。何回でもお代わりできる。地元の名物料理でお祭りに供されることが多いらしい。またエメンタールチーズは特においしいという評判を聞いている。ただ国内でほぼ消費されてしまうのであまり海外にはでないそうだ。

あっけないホームズの復活

今回のホームズ復活劇は大掛かりな仕掛けもなく、実にあっけなく片隅からでてきて終わり。そのあとは黒の喪章をみなで火にくべて、英国国歌斉唱で生還を祝い、記念撮影となった。あとはマイリンゲンの町を凱旋パレードとなる。町外れには馬二頭と馬車が待っていてここで「孤独の自転車乗り」のカラザース夫妻に扮した男女二名がそれぞれの馬にのる。二人とも乗馬を習っているのだそうだ。キャストも夫妻にしておくなど芸が細かい。バンド、主要キャスト、その他大勢、馬二頭、馬車、そして歩行困難者のためのバスがあとに続いた。

沿道には町の人やら観光客やらがいて、手を振ってくれる。

駅前を回りドイル広場のホームズ像の前で解散。このホームズ像は一九八八年に「ホームズ物語」発

手紙を読むワトスン役、リハーサル中

ライヘンバッハの滝

表一〇〇周年記念として、オスカ・ムニエ役のジョン・ダブルデイさんによって製作されたホームズ座像である。この座像除幕のすぐあとに日本でもシャーロック・ホームズの立像が軽井沢町の信濃追分に建立されている。

ホームズ像の横にある、かつて英国教会だったところがシャーロック・ホームズ博物館になっていて、いまからでも見学できるというので入館した。日本語ガイドもある親切ぶりだが、ところどころ英語かドイツ語からか訳したせいだろう、変なところもある。日本のホームズ像のレプリカもわたしたちが寄贈したものが飾られている。

ダブルデイさんの製作されたホームズ像のあたらしい立像をふくめて、一階はダブルデイさんの彫刻展。あわせて見学した。実はマリインゲンにもう一つホームズの立像を建立する計画もあるようなのだが、まだ決定にはいたっていない。

最後の晩餐会

八時まで自由と聞いたのでひとやすみして町へ出てみ

大迫力の演技のリハーサル。滝が右手にみえている。

左からひろ子さん、モリアーティ役のピーター、東山

ようと思ったところにひろ子さんに会う。七時からになったらしいとの情報。あわてて晩餐会用の着物に着替え、会場のホテルに向かう。ひろ子さんはモリアーティ夫妻とケーブルで山に上ってきたそうだ。夫人のケイトは日本人相手に英語の先生をしていたことがあり、九一年のツアーの時には中学一年生だったエリカを自分たちのお部屋に呼んで持参の素敵なドレスを試着させてくれるなど可愛がってくださったことも思い出した。

今夜は最後のディナー。名残惜しい。テーブルの反対側に座ったのはスペインからのマスコミのクルー。スペインからの参加者はないけれども取材に来たのだと。

馬にのるカラザース夫妻役の２人。

デザートの前にダブルデイさんの講演。自ら描かれた水彩画をつぎつぎに示し、最後には一枚の大きな壁画になるという仕掛け。ホームズはすべての世代をつなぐメタファーだとの結論だった。

小林に聞かせたかったテーマ。レクチャーのあとでダブルデイさんに小林の研究に似ているというと、「日本でもヨーロッパでもおなじような結論がでたことがうれしい」と。場所も時も超えてホームズが繋ぐ縁に私も不思議な感動を覚えた。

最後の晩餐のあとは今回のツアーに功績のあった人たちへの賛辞と記念品の授与。この旅の最大の功労者ピーター・シュタイラーにも記念品が授与され、ヴィクトリア女王からサーベルを肩におく祝福の儀式のあと「サー」の称号が与えられた。

物語の中でのホームズは「サー」に叙されることを断っているが、その著者のコナン・ドイルは英国の南アフリカでの戦争（「ボーア戦争」）を擁護した著作の執筆などにより「サー」の称号をヴィクトリア女王より授かっている。

かつては真夜中まで続いた晩餐も一一時過ぎにはお開き。今夜帰る人、明日朝早く帰る人が挨拶をしてまわっている。旅の終わりが感じられる。

九月十六日

午前中はフリー。荷造りしてカバンはホテルロビーへ。大きなカバンは空港まで運んでもらえる。昼に最後のランチ、そのあとは列車でチューリッヒ空港へ向かう。駅ではローザンヌ組、ベルン組が見送ってくれた。ドイツ組は列車ですでに旅立っていた。

さらにほとんどの人が私服になってしまい、誰が誰だかさっぱり見分けがつかなくなった。わたしたちは律儀に着物、袴姿を通した。

無事にホテルからの荷物も空港に到着していて、再会を約束して名残はつきないが別れる。

マルコス君は夏季休暇は四週間あるのであとの二週間はスイスの実家で過ごしてからワシントンに帰ると。このくらいの長期休暇が日本にもあればいいのにと羨ましく思った。

クンツさんはまた会おうねと言ってくれたけれど、彼のひきいるスイスツアーはこれで最後とのこと。

八七歳とご自分でおっしゃった。元気でいてねと心から祈った。
あとは空港近くのホテルに一泊ひろ子さんと同宿、同じ飛行機で無事帰国した。

第3章　ホームズさんのお誕生祝い
ニューヨーク、ロンドンの晩餐会に出席

（二〇一二年、ニューヨークとロンドンの旅）

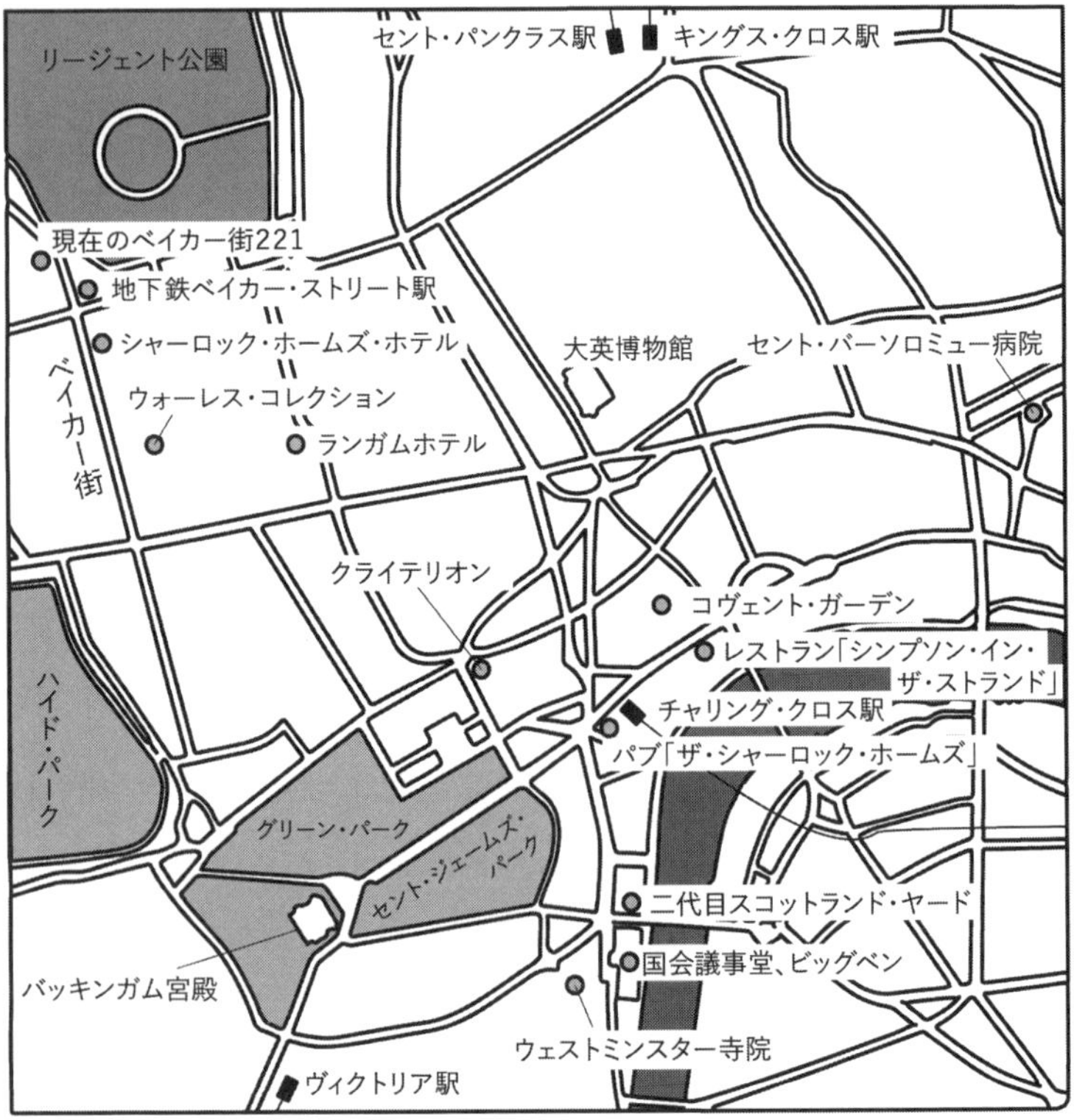

リージェント公園
セント・パンクラス駅
キングス・クロス駅
現在のベイカー街221
地下鉄ベイカー・ストリート駅
シャーロック・ホームズ・ホテル
ウォーレス・コレクション
ランガムホテル
ベイカー街
大英博物館
セント・バーソロミュー病院
クライテリオン
コヴェント・ガーデン
レストラン「シンプソン・イン・ザ・ストランド」
チャリング・クロス駅
パブ「ザ・シャーロック・ホームズ」
ハイド・パーク
グリーン・パーク
セント・ジェームズ・パーク
二代目スコットランド・ヤード
国会議事堂、ビッグベン
バッキンガム宮殿
ウェストミンスター寺院
ヴィクトリア駅

二〇一三年一月十日

モリアーティの祟りか？

前泊で成田空港へ。二〇一二年のスイス・ツアーの折にツベルギの茶屋からマイリンゲンの町への山道の下りで足を痛めてしまった。その夜はひろ子さんからサロンパスを頂き、お風呂で温めて何とかなったのだが、帰国して暫くしてからひどい痛みにおそわれてしまった。

ホームズ・クラブの会合に足を引きずって出たら、皆様とてもご親切。あそこの病院に行ったら治った、ここに行ったら全快したとの情報をくださった。さらに娘たちからもさまざまなアドバイスが届く。

昨年（二〇一二年）にみなさまのご好意でアメリカのＢＳＩ（ベイカー・ストリート・イレギュラーズ）の会員に認定された。出席して一回目での認定は異例とのことなので、どうしても今年もお礼の気持ちを込めて参加したい。

というわけで、ほぼ毎日、マッサージ、病院めぐりの日々。しかも、推薦されたところはすべて遠方ときていて、かなりハードスケジュールになってしまった。治りたい一心で通いつめたが一向に治る兆しはない。ある病院ではどうしてもニューヨークに行きたいと言ったところ「強力な痛み止め」を処方してもらえ、お守りがわりに持参した。

あらかじめ航空会社にサポートをお願いしていたので、係りの方がチェックインの荷物の世話から、私の手荷物まで持って出国審査に同行してくださる。ペンケースの中の小さなカッターがひっかかって、再検査。

「これは便利だからさしあげます」といったら、係員でも空港内に持ち込めないからとご辞退。成田空港のゴミになった。

　飛行機には一番はじめに乗せてもらえたし、予定の席よりも少しトイレに近いところが空いたからと通路側のよい席も用意してもらえてありがたかった。

　飛行機で寝ると姿勢がくずれて足の痛みが増すと注意されていたので、映画三昧でなんとか寝ないでニューヨークまで到着できた。

　到着するとまた係りの人が来ていて、入国審査もまたずに通過、タクシーのところまで出てきた荷物も持ってきてくれるという親切ぶり。

　タクシーに乗るところまでお世話になる。行き先のイエール・クラブはメモにして渡す。降りるまで持っていてねといわれた行き先のメモをドライバーに途中で請求されて、トンネル経由でいくから七ドル高くなると…。で結局六五ドル。加えてチップをということになり、七〇ドル渡す。ちょっとボラレタかな。やはり乗るときに値段をきかなかったのが失敗。普通は五二ドルだそうな。

　ホテルには朝の九時近くには着いてしまった。昨年の「イロコイ」ホテルはすぐに入れてくれたが、今回はチェックインは二時から。荷物は預かるとのこと。長旅で早く横になりたいが、地図を片手に近くのセント・パトリック教会を訪ねる。昨年はお友達と一緒だったが今年はひとり。すみずみ観て祈りも捧げる。売店にはロザリオなどがいろいろあったが、こういうものもたくさんあっても…と見るだけにとどめる。

　そのあとは昼食をと思ったが、ピザの店の一切れは大きい。店内のすみにベジタリアン・サンドを見つけて店で食べる。グランド・セントラル駅に行きスーパーをのぞき、水を買ってホテルへ。途中にテイクアウトの食品のお店を見つける。エリカが昔ニューヨークに来たおりに、「盛り放題だと思ったら秤売りだった」とか話していたが、そのシステムらしい。果物、ご飯、おかず、サラダなどがさまざまにあり、ホテルの生活には便利なような気がした。

ホテルは一泊二〇〇ドル。ニューヨークの中心部だったら相場。これでも団体割引になっているそうだ。もともとイエール大学専用のホテルで格式の高いところ。ここでシャーロック・ホームズの誕生日を祝う晩餐会が開かれるが、そのホームズの誕生日は物語には記載がないが一応、一月六日となっているのだ。方向音痴だし、今年は一人だし送迎の手数をかけずに済むのでこちらを選んだ。

BSI ウイークエンドの第一日目レクチャー

夕刻ホテルロビーに日暮さんが迎えに来てくださり、レクチャーの会場へ。聴講料一〇ドル。とくにBSIの会員限定というわけではない。今年のスピーカーは英国のSF作家のキム・ニューマン。「ドラキュラ紀元」「ドラキュラ戦記」「ドラキュラ崩御」と一連のドラキュラものが有名。ジャック・ヨーヴィルという別名でも「吸血鬼」ものも著している多才な作家だ。昨年と同じ会場でプロジェクターとスクリーンの用意があり、今年こそと期待していたが映像一枚なくお話だけ。

ライヘンバッハの滝でホームズはだれを殺したのかとか、ホームズ役者の話をした模様。

ここでスイス・ツアーで一緒だったロンドン・シャーロック・ホームズ会の事務局長のボブとエリス夫妻に再会。来週末はロンドンに行くといったら喜んでくれた。そのほかでは旅の仲間だったニューヨーク在住のエミリア・ルカス役、カナダからのインド・サーバント役とも再会。みな懐かしがっていて、「もうひとりの日本人は?」とひろ子さんのことを尋ねてくれた。

他にマルコス君と彼女のヘレンにも会えた。相変わらずの遠距離恋愛中で帰りにはマルコス君の住むワシントンDCへ寄ってから二人でロンドンへとのこと。クライテリオンで日本からの記念プレート除幕式があるからぜひ来てねと誘っておいた。

今年の参加者は日本人は三名

ここで日本から参加者の平山雄一さんと合流。平山さんは一日前に到着していて、ニューヨーク公共図書館での資料探索をされていた。BSIの会員歴も長く、本業の歯科医のかたわらで研究、翻訳と大活躍されている。三人で夕食にと会場近くで探したが見つからず、結局グランド・セントラル駅のオイスターバーへ。わたしが牡蠣はだめなのでみなさまお付き合いいただき申し訳のないこと。

エビフライ、ホタテのソテー、アンコウなどそれぞれに頼んで少しずつのシェア。明日もあるので早めに送っていただきホテルへ。

一月十一日

格式高いレストランでの朝食のあとは昼寝

明け方から目覚めてネットをしたり、もってきたパソコンで日記をつけたり。時差ぼけがひどい。ヨーロッパへ行く時よりもニューヨークへ来る方が私は時差ぼけがひどいのだ。

ベッドの上に朝食のご案内のチラシがあったので、最上階のレストランに行く。ウエイターはたくさんいるが客はまばら。格式がありそうで、執事風の初老の男性が席に案内してくれる。案内する人、注文を取る人、運ぶ人と役割分担があるらしく、どの人も暇そうだった。

足も痛いし外へ出るのがおっくうで、ここに滞在中はずっとここでと決める。豪華な食堂で朝食をすると気分が華やぐ。少しの贅沢。

一日目はベーグルとサーモンを注文してみた。ベーグル一つとサーモン三切れで二〇〇〇円以上かと思うが、雰囲気料と割り切る。

どこかに行くのでしたらご案内しますよとの日暮さんのありがたいお言葉だったが、足のこともあるし、お断りしておいてよかった。リハビリテーション病院で教えられた、足が治るという体操をベッドでしたらそのまま眠りにおちて、夕方五時まで寝てしまった。目覚ましをかけておいてよかった。

BSI晩餐会へ

夕刻六時からがメイン行事の晩餐会。これは招待されていないと出席できないので、同時に別の場所で催されるオープンの会に出席する人もほぼ同数とのことだった。昨年、志垣さんと、天野さんはこちらに出席されていた。

BSIの会合が男性に限られていた時代に、同行する夫人たちのために別途に会合を持つようになったことが始まりらしい。一九九二年、小林がBSIに出席したときには参加者は男性のみで、わたしはこちらの女性中心の会合に出席した。肩のこらない集まりなので、こちらのほうがいいという男性もたくさんおられた。現在のBSIは女性会員も増えている。

六時からカクテル・パーティーということで会場に行くと、すでに二〇名ほどが来ていて、それぞれにグラスを片手に歓談している。日暮さん、平山さんも程なく現れる。カクテルをもらうバー・カウンターで会った長身の男性の名札をみると「ダニエル・スタシャワー」（『ドイル伝』などの著者）。有名人だし、来日するような話もあるので声をかけて挨拶。ついでに名刺も渡した。

「日本においでになると伺っているが…」というと
「行きたいのですが…」と。結局今年の春はスケジュール的に無理らしかった。

一時間ほど皆さまと歓談。着席前にいろいろな人と交流せよという趣旨なのだろう。ときおりウェイターが銀の皿に盛ったカナッペ、エビフライ、ミートボール、骨付き肉などを持ってまわってくる。

ここでスイス・ツアーで大活躍だったヴィクトリア女王、トスカ枢機卿夫妻に会う。今回は女王の衣装をつけていないのでヴィクトリア女王がなんだか小さく感じられた。ツアーのときにはまさに「威風堂々」の感だった。

「リタイアード（退職した）・ヴィクトリア女王よ」と、ホームズ物語の「隠居絵具屋」（リタイアード・カラーマン）にかけて名乗っていた。

宴会場に移動すると座席指定で、日本語のできるカナダのトロントの図書館司書でホームズ本の管理をされているペギーさんと平山さんの間に今年も座らせてもらえた。わたしが一人で寂しくないようにとの会長の心くばりがうれしい。総勢は二三〇名ほどだろうか。

プログラムにそって会長の挨拶、事務局報告らしきもの（会長夫人）、研究発表はホームズ役者の変遷、プロジェクター利用、やっとわたしでも分かりそう、と喜んだのもつかの間、今度はパソコンのデータが開かない、やっとひらいたと思ったら、たった一枚の写真をみせてくれただけだった。

恒例行事の記念撮影。これは古い写真機でマグネシウムをたくというもの。昨年までの写真屋さんはお亡くなりになって奥様と跡継ぎの男性が撮影のあと各テーブルをまわって注文を集める。日本まで送ってもらって三二ドル。ちょっと高いけれど記念になるので頼まない人はいないようにみえた。今年からクレジット払いもできるようになったのだとか。

昨年に亡くなった会員の追悼、新規会員の認定があり今年の晩餐は終わり。あと二〇分ほどで今日も終わりの時刻。こちらの晩餐会は長い。

明日は本屋やグッズの販売会が近くのルーズベルト・ホテルである。このホテルもイエール・クラブ

BSI のカクテルパーティー

着席ディナーの会場の様子

左側より二人目ペギーさん、東山、平山さん

と同様にＢＳＩ推薦の宿。こちらに宿泊している人も多いらしい。そちらのほうがお値段は若干安い。

一月十二日　朝食での楽しい出会い

朝食に行くと、「ひとりならごいっしょにと」なんだか気のよさそうな女性に声をかけられる。看護師さんだそうで、「ニューヨークは初めてか」とかいろいろ話しかけてくれる。日本にも関心があるようで、学会で行く予定だったが震災でだめになったが、いつの気候がいいかとたずねてきた。今でもほぼ毎日小さな地震があると言ったらかなり驚く。

小さなビンのケチャップを持っていてポテトにつけておいしそうだったので、私も貰いたいと言ったら「どうぞどうぞ」と。ホテルの備え付けかとおもったらわざわざ持参して来たのだと。「よかったらあげるわ」とご親切だったが、これからロンドンに行くからとお断りした。

ニューヨークにはシャーロック・ホームズのお誕生を祝う晩餐会にきていて、ロンドンにもお祝いの晩餐会に行くのだと話したら、世の中にはそういう人がいるのかと…。

今日は姪御さんの結婚式をここで行うそうで、帰りがけに他のテーブルの親戚の人に「この人日本のシャーロキアン。これからロンドンに行くそうよ」と紹介してくれた。シャーロキアンという言葉は知られているようだ。

週末は朝食はブッフェだそうだが、卵、ソーセージ、ベーコン、フルーツ、ヨーグルト、パン各種。一流ホテルのブッフェにしては寂しい品揃えだが三〇〇〇円ほど。

楽しい出会いがあった。

不思議な運命

部屋で休憩ののち、少し回り道をして、目指すホテルへ。あれっここはどこ?とおもったらルーズベルト・ホテル前だった。このルーズベルト・ホテルは一九二四年創業、古式ゆかしい。帰国後に山田耕筰の姉の婦人運動家ガントレット恒の自伝『七十七年の想ひ出』(植村書店、一九四九)を読んでいたら、彼女が一九三〇(昭和五)年にワシントンで開催された戦争原因防止法研究会に日本代表として出席したおり、「ニュウヨークのローズベルト・ホテルで開かれた午餐会は忘れがたい集まり」とあったのに驚いた。二階のヴェンダースペースへ直行する。

ヴェンダー・スペースでは『バスカヴィル家の犬』の初版本、「四つのサイン」が掲載された「リッピンコット・マガジン」など貴重なものが販売のために並べられていた。「バスカ」の初版本は我が家にもあるが高値だった。「リッピンコット・マガジン」はカナダのトロントの公立図書館のホームズ・コレクションに収蔵されていて、まえにトロントに行ったおり、カメラに収めてきた。

本業の古本屋さんから、アメリカ各地のホームズ団体出版物、手作り品、自費出版の本などが、広いホテルの宴会場にずらりと出店している。

ちょうど平山さんに会って我が家の蔵書事情「ちょうどバブリーのころにBSIに出席して、そのおりに声をかけられてコレクション買ってね…」と話していると漫画本の注文をとっている男性が声をかけてきた。本はまだできていないけれどできたら連絡するからと。

日本人とみて「昔、母が亡くなった父のコレクションを日本人に売って」と言うので

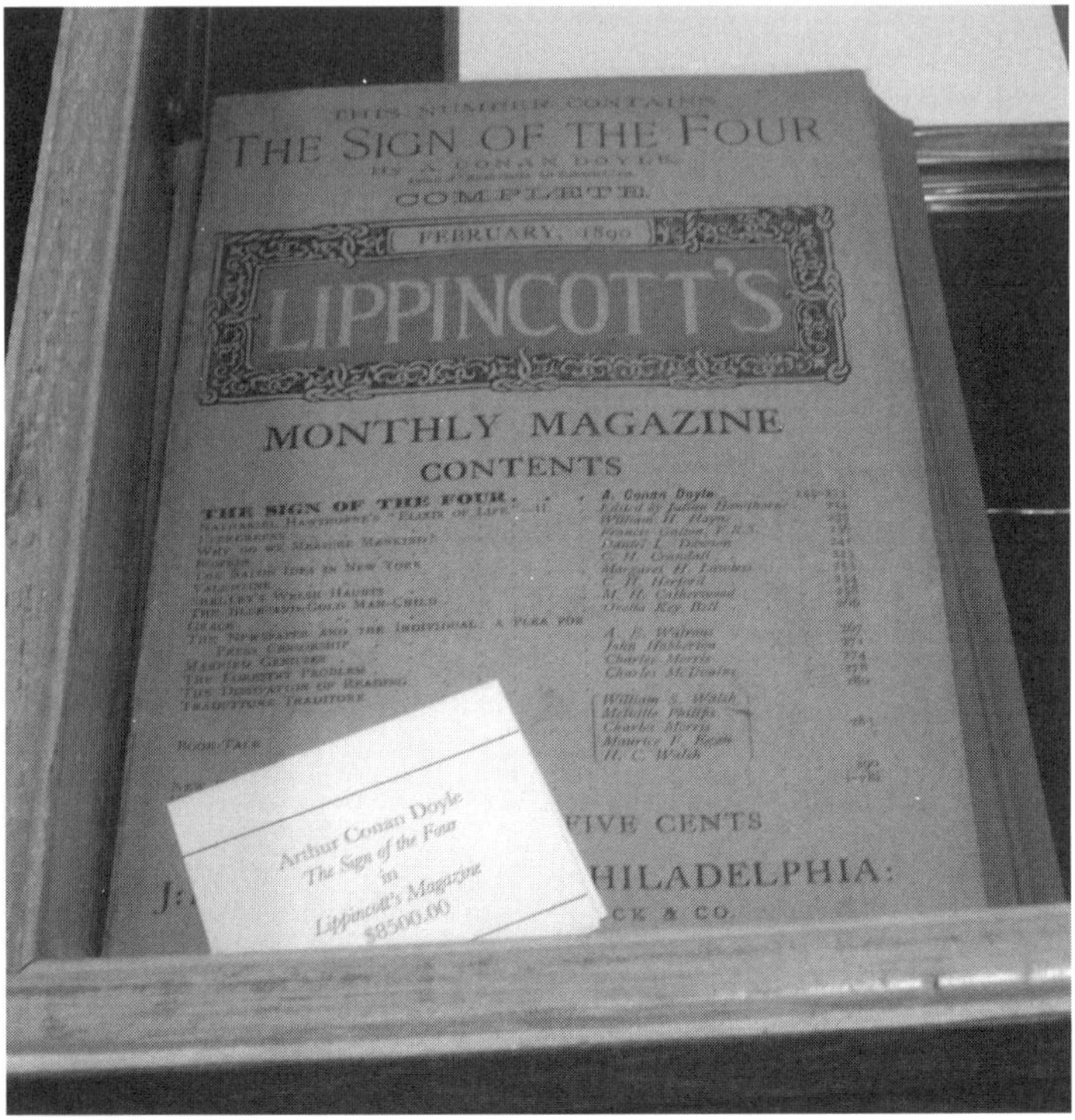

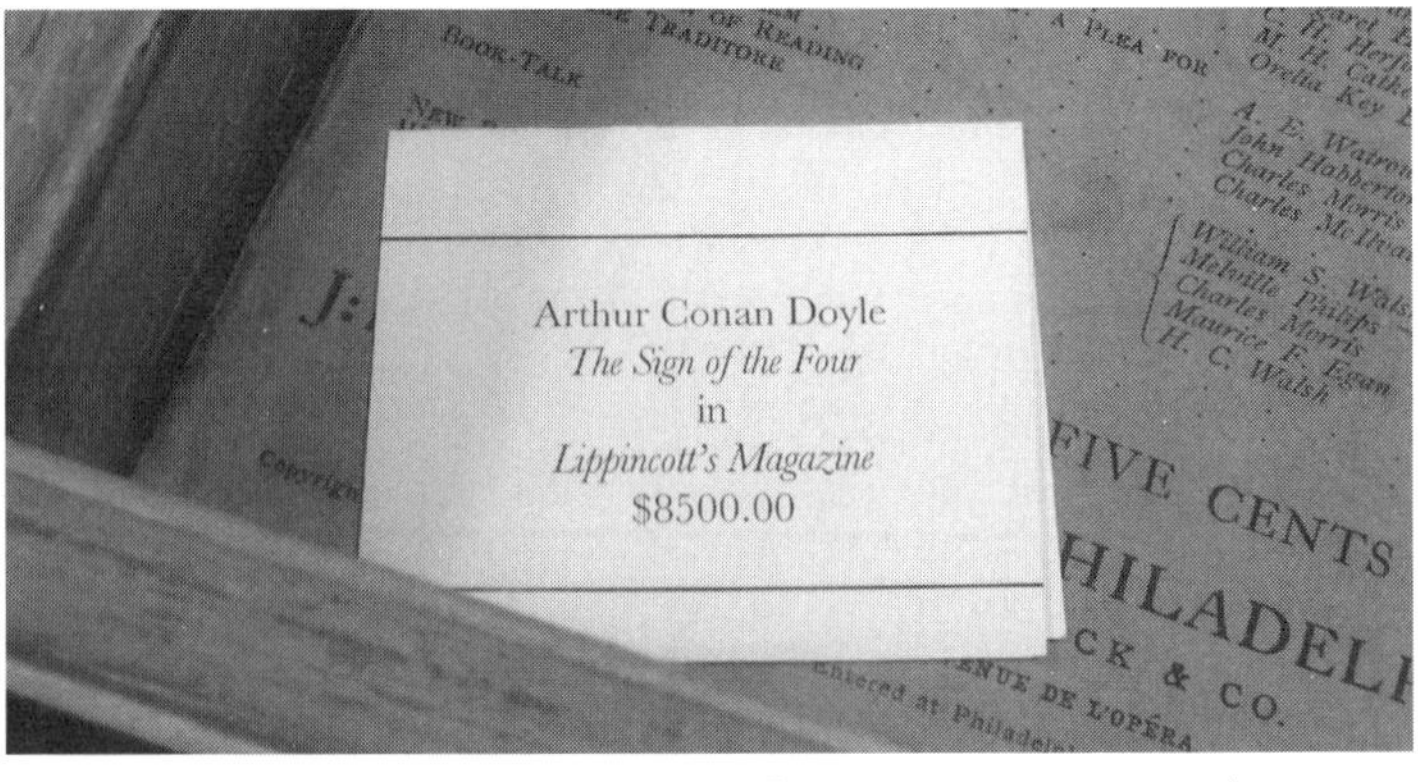

「四つのサイン」が掲載されている「リッピンコット・マガジン」。
お値段なんと 8,500 ドル！

「もしやダイアナ・シャテルさんでは」と聞くとそうだと言うではないか。まだ残っているから買わないかとのことだが、こちらもこれから処分したいくらいなのでお断りした。「コレクションを売ったおかげで母は世界中を旅して、本当に幸せでした」とも。

私は小林の残したコレクション売るわけにもいかず「幸せな老後」がおくれるのかなと不安になる。

このダイアナ・シャテルさんには忘れられない思い出がある。

「母は日本にも旅した」と話していたが、それはもう二〇年も前になるだろうか。ダイアナさんの家にホームステイしたことのあるという慶応大学だったかの心理学専攻という女性から小林に連絡があった。まだメールもないころで、お電話をいただいた。

ダイアナさんが会いたいとおっしゃっているからとのことで、小林だけが彼女とダイアナさんと会う予定を決めるつもりで会ったのかもしれない。

その後、信濃追分にわたしたちは用事があり滞在していて、ダイアナさんと話す目的だったのか、約束の日に彼女の自宅、たしか横浜に電話を入れた。

電話の対応がなにか普通でない感じで、お母様から思いがけず「娘は交通事故で昨日亡くなりました」との知らせを受けたのだった。

友人の結婚式に出席するために青森へ一人で車の運転をして行って、家の近くまで戻ってガソリンをいれて道に出たところで、バイクと衝突しての事故だったそうだ。

「このあいだ会ったときに車で青森に行くって言ってたんだ。あのとき、一人での長い運転だから車で行くのはやめたらいいのにと思った。止めてあげればよかった」と、長く小林は悔やんでいた。ダイアナさんのことを思い出すたびに、この悲しい事件を思い出す。

混み合うレセプション会場

一度ホテルにもどり、二時半からカクテルパーティーへ。こちらはだれでも参加できる。二時にまちあわせて三人で今年からのレセプション会場に行く。イタリアン・レストランの貸切で、すでに七割がたの人が着いている。ワイン、ビールなどは無料で、何か特別なもののときにはバーカウンターでお金を支払う仕組み。

入ったとたんにペギーさんがクジの販売をしている。「一枚五ドル、五枚二五ドルよ」たしか昨年も入り口で売っていたが昨年は一枚売りだったのに、今年はなんとなく五枚セットでという感じ。ＢＳＩへの寄付になる。あたりクジは一枚で額に入ったホームズ・グッズだが近くで見ないまにしてしまった。わたしはケチって二枚購入。そのあとも各テーブルをまわって売っていたが、ほとんどの人は五枚購入。二五〇〇円ほどだからすごいなと思った。

この会場でイタリアからの参加者二人にも会う。私の目からすればアメリカ人もフランス人もイタリア人もみな同じように思える。

日暮さんはイタリアの会にも出席されたことがあるので顔見知りの人を紹介された。イタリアへも行ってみたいけれど言葉の壁は厚い。イタリア人でも日本人でも英語で話す、この現実を受け入れないとホームズは楽しめないような気がする。

「ホームズ物語は英語で書かれているから、ここは英語を受け入れるしかないね」とよく小林とも話していたことだ。

空席を一番端のコーナーに見つけて三人で座る。柱の影なので中央でのパフォーマンスは何も見えない。

昨年は広いレセプション会場でゆっくりしていて、そのあと会議場での新入会員紹介、オークション、昨夜のBSIディナーの様子を詩にまとめての父娘の競演などもよく見えたのだが、今年はさっぱり分からない。

テーブルの上にチーズと生ハムがでていて、次に長い行列をつくって、サラダ、肉団子、ラザニアだかマカロニだかをもらってきて食べる仕組み。四時半までとなっていたが「また来年ね」といって三々五々に帰っていく。特に閉会の挨拶もない。

ホームズのインド・ツアーを開催企画

せっかくきたので同じテーブルの人とちょっと歓談していると細身の女性が各テーブルをインド・ツアーについて宣伝してまわっている。来年のロンドン・ホームズ会主催のインド・ツアーの企画担当者だそうだ。イギリス人でニューヨーク在住で、インドはすばらしいし、ホームズゆかりの地だからぜひと。

関心はあるが、足が治っていなければツアーは無理だろう、と思う。ムンバイのホテルに集合だそうだ。スイス・ツアーと同様に本体はロンドンから、他の国からの人は各自ムンバイまで手配して現地集合ということになる。

インドは大英帝国の時代は英国領。ホームズがライヘンバッハ滝で転落、その後行方不明になったときにシゲルソンという探検家を名乗ってチベットへ潜入したことは「空き家の冒険」に記されている。

このほんの一言をとらえてチベット出身の作家ジャムヤン・ノルブの書いた『シャーロック・ホームズの失われた冒険』（河出書房新社）というパスティーシュを翻訳したことがある。それにはインドのことがかなり詳しく書かれていた。

「インドの北の地はすばらしい英国人のためのリゾート地で、そこにホームズがひそんでチベット語を習得してチベット人になりすまし入国した」という長い物語は、各章ごと小さな事件をおりまぜて展開していくものだった。

このホームズがひそんでいたシムラには今回のツアーは行かないけれど希望者は旅の前後にオプショナルでご案内しますとも言っていた。もとのツアーが一四日間、日本からだと一六日、日本人の感覚からすればかなり長いツアーだが、夏季休暇は連続四週間が毎年当たり前のような国の人からすれば何の抵抗もないのだろう。もっとも参加者の多くがすでにリタイアー組みで毎日が日曜日なのかもしれない。

（後日談。このインド・ツアーへの参加を検討したが費用、日程でおりあわず参加を断念。結局参加希望者が少なく催行されなかった模様。）

インドのセールスの女性が私たちのところにひととおりの話をすませると、次のテーブルに移っていき、それを機にわたしたちも会場を後にした。これで、BSIウイークエンドの行事はすべて完了。

主催者に感謝して

会場の手配から参加者への気配りなど、会の運営にあたっている人は大変だろうなとおもう。ここでまたいったんホテルにもどり、夕食を一緒にとることにする。土曜日の夜のこと、めざしていたステーキ屋さんは予約が一杯。にぎやかなニューヨークの町をめぐり、最後にコリアン・タウンに出てアジア料理ということになった。平山さんは明日もう帰国。
私はもう一日ニューヨークですごしてロンドンへ向かう。

一月十三日
休養してロンドンに備える

またホテルの朝食に。近代美術館へ行こうか、それともメトロポリタン美術館か、と思っていたのだがとにかく眠い。それでは体の要求にこたえてとホテルで休養。夕方空港行きのバスのチェックに出かけて、駅構内の結構大きいスーパーに壊れたヘアーバンドの代わりを探しに行ったが適当な品は見つからない。

夕方六時にホテルで日暮さんと待ち合わせ。日本食の居酒屋へ。揚げ出しちくわ、なす。なんだか一皿が日本の倍から三倍のお値段。裏メニューの白いご飯、おにぎりで急に日本が恋しくなる。

一月十四日
ロンドンへ出発　車椅子利用をすすめられる

朝食はコンチネンタルを注文してみたら、パンは何がいいかと言われて「マフィン」と答えたら小さいものがひとつ、半分に切ってあたためられて出てきた。さみしいがまあ、このホテルの朝食をすべて体験したということで満足することにした。

荷物を預けて、美術館へとおもったら今日は月曜日。休館のところが多く結局一番近い近代美術館へ。

入場料二五ドル。モネの「睡蓮」、ムンクの「叫び」、「吸血鬼」など名画ぞろい。小学校の生徒たちが先生に引率されてきていた。美術館カフェでコーヒー一服、途中ロックフェラー・センター横のメトロポリタン美術館のミュージアム・ショップも覗いてホテルへもどる。

一人でタクシーもいやだし、空港まで駅前のシャトルだったら一六ドルだしこれにしようと決めていたが、朝、日暮さんからタクシーでそちらにまわるから一緒に空港にいきましょうとのお誘いをいただき、二時三〇分にホテルで待ち合わせる。

空港までは定額五二ドルプラスチップとのこと。荷物もあるし、ありがたかった。

さっそくロンドン行きのカウンターへ。日暮さんは日本が雪でフライトが二時間遅れなのに私に合わせていただいて申し訳なかった。

バージン航空でロンドンまで行く。日本の航空会社から「ニューヨークの手配はここではしかねるが、ご自分の足の痛いことを強く主張するように」といわれてきた。座骨神経痛という英語を書いたメモをみせると足が伸ばせる座席をあげるし、空港内は広いので車椅子の手配をしますとのこと。ありがたく受けた。車椅子ですごく楽に出国手続きもできて、搭乗口まで送ってもらえた。

また、ロンドンのヒースロー空港はすごく広いからぜひ車椅子を利用するようにと勧められた。ちょっと恥ずかしいし、全く歩けないわけでもないしと思っていたが、「費用もかからないからぜひ利用するように、手配しておきます」とのこと。ありがたくお受けした。

一月十五日

入国審査も車椅子で楽々

ロンドン着。前の座席だったので早くに外に出る。「車椅子をおねがいしていたのだが」というと、前を指差しあそこだ、ここだと。

降りたところでじっくり待つべきだったらしい。動く歩道があり、楽。行きついたところが援助の必要な人の待合コーナー。私よりも重症そうな人がたくさん待っていた。ここから乗り換えの飛行機の搭乗口へ、ヒースローでの出国とそれぞれのサポートを受ける。

搭乗券にサポートが必要と記されているのか、それともあらかじめ連絡がきているのか分からないがとにかくここで待つようにいわれて待つこと四〇分。やっと私の番がきて、車椅子に乗せてもらい、入国審査も列に並ばすにさっと通過できて、荷物のところに。すでに私のトランクは床の上。車椅子には荷物は乗らないのでもうひとり係りがついてきて、友達が迎えにきているのか、タクシーかと聞くので、ヒースロー・エクスプレスにのりたいとこたえると車椅子に座ったままエクスプレスのホームまで送ってもらえて本当にありがたかった。

列車はきていて乗ったらすぐに出発。一五分でもうパディントン着。あまりの速さに驚く。

ロンドンは朝

ホテルは駅近く。地図をプリントアウトしてきたが無事に着けるか不安だったが、道にでたらすぐに目指すロンドン・ロード。一分も歩かずめざすノーフォーク・スクエア。ホテルもすぐに見つかり安堵した。

さびれたレストランの朝食セット

荷物をおいてまずは腹ごしらえを。飛行機のなかでの朝食は小さな丸いあまいパンひとつだけ。フライト時間も六時間ほどだし、あまりたくさん出ても困るけれど今日一日の英気を養わねばと思う。ホテルを出たとこにさびれたレストランというか日本の一膳飯屋風の店。朝食セットを頼む。目玉焼き、ベーコン、ソーセージ（これはなんだか小麦粉が多いようでいつも食べない）、トーストも皿にいれて敷かれているのでべたべた。イギリスで美味しいものを食べたければ三食朝食をという話は高級ホテルの朝食の話。これならファストフード店のほうがよかったかと悔やまれる。

まずは観光バスで市内見物

店を出るとちょうど目の前に市内遊覧乗り降り自由バスが止まっている。かなり前に一度乗ってロンドン市内をぐるりとまわったことがあるが、久しぶり。二九ポンドとかなり高めではあるが乗ってみることにする。観光ガイドの各国語放送は先日まで日本語があったそうだが今はない。ほかにはフランス、スペイン、中国語など。しかたがないので英語のガイドをきくことに。観光客むけなのでゆっくり、はっきり発音してくれるのでなんとか理解できる。ベイカー街まで行くのに三〇分ほどかかった。ホームズ像の後ろ姿をみながら、ここで全員バスの乗り換え。地図にそってロンドン市内を巡る。エディンバラの帰りにロンドンに寄ったときたときは足も痛まず、一日徒歩でめぐった懐かしいコースでもあった。

ホームズゆかりのランガム・ホテル、今回プレートを寄贈して除幕式をするクライテリオン、バッキンガム宮殿、歩いてまわったときにはここで道を間違えて反対に行き、いつまでもウエストミンスター寺院につけなかったな…などと思い出も同時に楽しむ。

今回のロンドン・シャーロック・ホームズ会の晩餐会会場となる国会議事堂、ビッグベン、新名所ロンドン・アイ。バスは名所ごとに人が乗り降りするので時間がゆっくりとながれる。九時三〇分に乗車して東のセントポール寺院につくころで一一時。

バスを乗り換えながらホームズ像を見る

前のカフェで一休み。ロンドンには何回も足を運んでいるのにセントポールに入るのははじめて。英国国教会の寺院でテムズからこの教会の尖塔がみえる。その描写は「四つのサイン」の警察ランチの追跡劇に記されている。ローマのサン・ピエトロ寺院、ミラノ大聖堂につぐ世界で三番目に大きな寺院であるとジャック・トレーシーの『シャーロック・ホームズ大百科事典』（河出書房新社）

セント・ポール寺院内部

にあった。

はじめて入ったセント・ポール寺院

ここは日本語のイヤフォン・ガイドもあり、ゆっくり見学。祈りの場でもある。売店に立ち寄るとロザリオなどはカトリック教会にあるものと同じ。一六世紀に政治的な問題でローマ・カトリックから独立して英国国教会になったわけなので中の様子も同じだ。日本では英国国教会はプロテスタントとみなされているのだが、英国での扱いはどうなのだろうか。日本の立教大学とその関連の学校がこの宗派である。

教会のとなりにあった食品スーパーで長く食していなかったヨーグルトと夕食用のサンドイッチを購入。バスは一時半ごろにきた。パディントンまでの道のりを車窓からの景色と楽しみながらパディントン駅にもどり三時近くにホテルにチェックイン。バスタブがあったので持参の神経痛にきくという入浴剤をいれて旅の疲れをいやす。長旅だった。まだロンドンは今日がはじまり。

しばらくしたらロンドン在住の清水健さんからお電話。「空港までお迎えに行きますとメールを出しましたが、もうお着きでしたか」と。足の痛いのをいたわってくださりありがたい。明日の夕方ホテルで落ち合って夕食の約束をして早い眠りにつく。

一月十六日

思い出のリッチモンド経由でキュー・ガーデンへ

晴天。昨日の乗り降り自由の観光バスでテムズ・クルーズに行こうかと、とりあえずベイカー街までバスにのる。バスは二日間有効。ベイカー街までにも観光ポイントで客をのせるので、三〇分ほどかかる。地下鉄ならパディントンからベイカールー・ラインで三駅一〇分足らず。どの駅にエスカレーターがあるかまでは把握していないし、各駅どこか一箇所はエスカレーターやエレベーターが設置されつつある東京中心部のほうがバリアフリー化がすすんでいるのかもしれない。

この観光バスはベイカー街でバスの乗り換えをすることになっている。テムズ・クルーズの乗り場のひとつウエストミンスターまでは四〇分かかるというのでクルーズは取りやめ。

郊外のキュー・ガーデンに向かうことにする。キュー・ガーデンはリッチモンドの一つ手前の地下鉄駅から行く。

その昔、ジェレミー・ブレットの演じるホームズ劇を見にリッチモンド・シアターに行ったときのことを思い出す。あのときにはシャーロック・ホームズ・ホテルに宿泊していて劇の予約をとってもらったのだが、劇場までの行きかたはよく説明されず「ヴィクトリア駅から二〇分です」とだけきいて出発した。ところがタクシーで二〇分と思っていたら、そこから列車で二〇分。駅からも劇場はなんだか遠くて遅刻した。劇場への行き方を親切に教えなかったのは、予約をとってもらったときにチップをあげなかったせいだったのではと、今でも悔やまれる。

ベイカー街駅からハマースミス・シティラインという地下鉄でハマースミスへ。そこから一度道にでて、道をわたった駅から乗り換え。これがリッチモンド行きのほかにも別の目的地に行く列車が同じホームに入っているので要注意。乗り間違えないようにして目的地まで到着。乗り継ぎがよければベイカー街から四、五〇分のところだが、往きは電車の待ち合わせが多く、なにか遠く感じられた。

キュー・ガーデンは降りたホームの反対側にあり、駅のわきの歩道橋を越さねばならない。足の痛い身には辛かった。

駅から五分ほどのところにヴィクトリア女王門がある。入ったところが土産ショップと簡単な食堂になっている。寒い時期で閑散としているが食堂にはバギーに子どもをのせたママ友二組、おじいちゃんと孫、大人のカップルなどなど。サンドイッチ、菓子、飲み物、スープなどのメニューだった。

アップルパイとスープをたのむとスープにはパンがふた切れついてきた。寒いときの暖かいスープはおいしい。

キュー・ガーデンはヴィクトリア女王が世界各地の珍しい植物を集めさせて造ったのが起源。ガラスの温室のなかにはアフリカ、アメリカなどからの植物がところ狭しと集められていてみごとだ。小学生の団体が係りの人から説明を聞いていた。

花のころにはさぞかしきれいだろうとおもうが、春に満開の花をつけるパンジーもいまは小さな花を申し訳程度につけているだけだった。

園内周遊、乗り降り自由バスというのが走っていて、一周四〇分。乗ってみることにする。冬季割引で通常の半額の二ポンドで乗れた。小さなトラックに客車三台を連結したようなミニ・トレインが非常にゆっくりと園内をくまなくまわってくれる。日本庭園もある。園内すべてを歩いてまわるのはかなりの距離だろう。このバスを上手にくみあわせて園内をめぐってみたいが、今は足が悪いので無理。運転手さんがいつも鳥たちに餌付けをしているようで、ある地区を通過しようとしたら、鳥が車を追いかけてくる。餌をもらえるのを知っていて、音を聞きつけてくるようだ。

乗り合わせた方の一人は車椅子利用で、出口近くでおりて散策してから帰るのだと。こんな自然のゆたかなところに来られていいだろうなとおもう。私は車椅子生活の小林と自然のなかの散策にわざわざ出かけるようなことはなかった。日常生活でいっぱいいっぱいだったなと、あらためて思い返した。

自然の中で少し力をもらって帰途につく。キュー・ガーデン駅の横の小さなスーパーにバスソルトがあったので買いもとめる。そのほかにヴィクトリア時代の足湯にいれるという温泉剤も発見。パッケージがかわいい。

ホテルについて早速にもとめてきたバスソルトで疲れをいやし、一休み。


ロンドンで石焼ビビンバ!

夕刻六時に清水さんがホテルまで迎えにきてくださるとのこと。クライテリオンにプレートをつける件の打ち合わせが長びいていて、と六時少しまわって到着。バスでソーホー地区のアジアレストランで石焼ビビンバの夕食。再びホテルまで送っていただく。

日本で立てた予定では、ニューヨーク経由の帰国便は朝早いフライトなので、それにそなえて最後の日は空港で宿泊としていた。ヒースロー・エクスプレスを使えば一五分で空港だからもう一泊もパディントン近くのこのホテルで泊まるほうが便利だと教えられた。たしかに前日に空港からホテルまで行くのにも時間がかかるだろうし、なれないホテルに行くのはやめ、ここで延泊することにした。空港のホテルは清水さんのパソコンからキャンセルしてもらう。

一月十七日

セント・バーソロミュー病院へ

今日は久々にホームズとワトスンの出会いの場であるセント・バーソロミュー病院に行ってみることにする。昔なら、朝早くから夕方遅くまでロンドンを駆け回ったものだが、長旅でもあるし、ペースダウン。朝風呂で足の疲れをいやしてゆっくり出発。一人でロンドン市内を移動するのはバスは慣れないので地下鉄にする。路線図さえあれば目的地にたどりつけるので安心だが、地下鉄の場合はエレベーターやエスカレーターがないこともあり足の痛い身には辛い。とにかくセント・バーソロミュー病院（通称バーツ）をめざし、地下鉄でバービカンへ。バービカンでおりるとすぐにスミス・フィールドの肉市場がある。「青いガーネット」の事件でのガチョウの行方を捜すのにホームズたちがコヴェント・ガーデンに行ったという設定になっているが、コヴェント・ガーデンは肉類はあつかっていなかったので、実際にはこのスミス・フィールドの肉市場に行ったのではないかともいわれている。

この市場の横から入るとすぐにバーツのヘンリー八世門に出る。病院前の広場は前とは少しかわっていた。

病院の横のパブで一休み。ついでに軽くサンドイッチで腹ごしらえ。朝は毎日四時、五時にめざめてしまう。それでも日々めざめる時刻が少しずつ遅くなって、ロンドンに馴染んできている。すっかり馴染むころには帰国だ。

バーツの手前の奥まったところに古い教会がある。ここに入るのは初めて。入り口で入場料を払い中に入る。映画の撮影でしばしば使われるらしく、映画名のリストがあり、その中に「シャーロック・ホームズ」とあった。ガイリッチ監督の「シャーロック・ホームズ」で使われたそうだ。家に帰ったらDVDでチェックしてみよう。ホームズ・クラブの会報にすでに地元の清水さんがレポートを載せてくださっているとのことだが、記憶が薄れてしまっていた。

バーツ博物館

ひさびさにヘンリー八世門から中に入ると左手がミュージアムになっている。このヘンリー八世門の左手の建物の屋上からSHERLOCKはシリーズ2の第3部で飛び降りている。

ミュージアムの入場料は無料。バーツの歴史をたどることができるようになっている。キリスト教主義にもとづいた救貧院から出発した病院の様子がしのばれる。順路にすすむと、かつてグレイト・ホールとして使われていた講堂の壁画の一部が見えるようになっているが、現在は中に入ることはできない。この階段わきの壁画は有名な画家のホーガスが献納したもので、聖書から題材をとった大きな「よきサマリア人」と「ベテスタの薬黄泉」の二点が描かれているのだが、見えにくくなっている。

わたしたちが出した写真集『シャーロック・ホームズの倫敦』（求龍堂）にもこの二点が、見開きで

ヘンリー八世門

胸の赤いクロスが印象的な看護婦人形

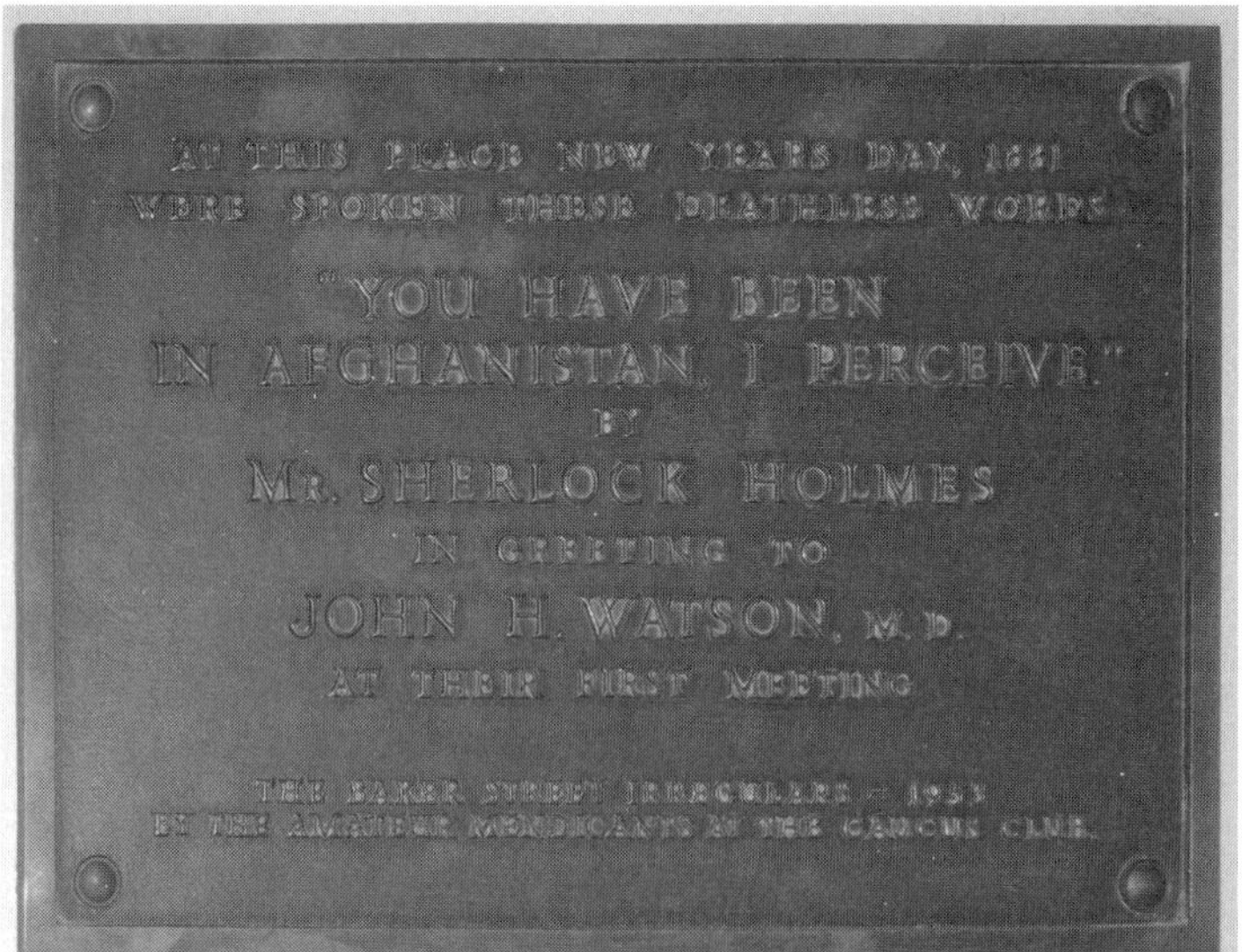

「アフガニスタンに行っておられましたね」の記念プレート

収められている。普通のカメラに収めることはできない大きな壁画だが、写真家の植村正春さんが素晴らしい写真にしあげてくださった。この本は今は絶版。この絵画が掲載されているということだけで貴重な存在になっていると思う。

ひととおりみて、あれ、ホームズとワトスンの出会いを記念した「アフガニスタンに行っておられましたね」の記念プレートはどこかと思い、尋ねる。入ったらすぐの左手の壁にかかっていたのだが、看護師さんの人形に目をとられて左を見おとした。(この姿は翌年にフランスの聖地ルルドに巡礼したおり、毎晩広場前で行われるパレードの先頭をさっそうと歩く看護師の一団の衣装と同じだった。ルルドには病者がいやされる奇跡の泉がわきでていて、その癒しをもとめてカトリックの信者などが集まってくる。その看護師の一団の後ろには寝たまま運ばれてくる病者たち、車椅子の人、そして世界各地の教会の旗をかざした信者の列が続く。看護師たちの胸にあった、一瞬騎士を思わせる赤いクロスがいつまでも心に残った。修道会所属の看護師たちだと案内書にはあった)。プレートがここに移動したこともロンドンの訪問記ですでに読んでいたはずだったが記憶が薄れていた。

グレート・ホールでの晩餐会に出席したこともあった

一九九七年のロンドン・シャーロック・ホームズ会の記念イヴェントではこのグレート・ホール講堂で晩餐会が開かれた。そのときは小林と一緒で、若い看護師さんがバーツの病院の経営難を救うための募金を一生懸命に集めていたのが思い出される。

ホームズ・ワトスン出会いのプレートはそのときにはまだ研究室に飾られていた。一般の研究室にあるために、当時のホームズ・ファンは見せてもらうのに苦労したものだった。そのイヴェントのときには順次研究室に入れてもらって記念写真を撮ったりしたものだった。

現在の博物館は写真撮影も自由なので、あれこれとカメラにおさめてパディントン駅近くのホテルにもどる。今日の夕方五時には志垣さんが日本からいらして合流の予定になっている。

室内で休憩していると四時にもうロビーに着いたとの電話。入国審査も手間取らずで、早くの到着だった。

オイスター・カードは必需品

明日の夜は二人でミュージカルを観に行く約束になっているので、コヴェント・ガーデンの劇場までチケットを買いがてらに夕食に出かけることにする。

地下鉄でコヴェント・ガーデンへ。まずはオイスター・カードを買ってからということにする。日本のSuicaのたぐいで地下鉄とバスに乗るには便利なカードだ。カードがないとかなり割高になってしまう。さらにバスに乗るときにカードを使わないで現金で払うときには、ちょうどの金額をいれない限り、おつりはもらえない。つり銭のないようにと表示されているのはそのためなのだ。日本の駅やバスの券売機が利口につくられていると感心してしまう。

わたしは前回のロンドン訪問のおりに清水さんに教えてもらって購入して、今回は持参。着いた日に二〇ポンドのチャージをしてある。志垣さんも地下鉄駅の窓口で購入。駅の自動販売機ではチャージしかできない。どの機械もクレジットカードに対応していて、カードを入れ暗証番号の入力が必要だ。カードは非常によく普及しているようで、おおかたどの店でもクレジットカードで対応してくれる。

地下鉄に乗り、劇場窓口まで到着。志垣さんはこの旅行にそなえて最新のスマートフォンを用意してみえて、グーグルマップで位置検索。便利。ガイドブックを持ってくるより荷物にならないからと。どこでも検索をするには海外対応にしておかないとだめだそうで、海外パケット使い放題というサービスをつけてきたと。Wi-Fiがあるところだったらパケット料金がかからないでできるようだ。私はホテルのワイファイ利用だけで携帯はタイマーと目覚ましくらいにしか使わない。旅の情報収集の仕方もどんどん新しくなっていく。

劇場窓口で無事チケットも購入できた。お勧めは「トップ・オン・ハット」という一九三〇年代のラブコメディ。映画にもなったそうだが私は初耳。

帰途に夕食をちょっとすてきなレストランでいただく。日本食のチェーンの「わさび」があちこちにできた。すし、うどんなどがある。一瞬こころが動いたがせっかくのロンドン、英国料理をと。イタリアン・レストランが多いなかでシックな店に出会えてよかった。

一度はたべたいフィッシュ・アンド・チップスを注文。軽い飲み物と教えられた「シャンティ」(名前を忘れていて、これまでは飲まなかった) を注文。一人のときには帰り道が気になるのでアルコールは飲まないことにしている。前回のイギリス旅行で覚えた懐かしい味。スターターはアボカドサラダ。デザートにコーヒーで三〇ポンド近く。日本円は一ポンド一五〇円。幸せな気分で二人でホテルにもどる。

一月十八日　ロンドンは大雪

朝食のころから雪が降り始める。ロンドンの雪は二〇一〇年以来とニュースが報じている。ニューヨ

ナショナル・ポートレート・ギャラリー展望レストランからの雪景色

ークの雪対策で長靴できたのがロンドンで役にたつ。

昨日からは二人でなんとなくうれしい。トースト、チーズ一枚、ジャム、コーヒーか紅茶、と好みでフレーク三種、ジュース二種のシンプルなもの。

ここから歩いて一〇分ほどのホテルにお嬢様と滞在中の柴﨑さんが一〇時にたずねてきてくださる。昨年六ヶ月間ケンブリッジを拠点にして時折ロンドンのほか英国各地をまわったというベテラン。ロンドンの中はほとんどバスで移動したということなので案内してもらうことにする。

まずはリバプール駅近くの「オールド・スピタルフィールド・マーケット」を目指す。彼女の頭の中にはロンドンの地図が入っていて、どちら方面に行くにはどこどこまで行き、どこで乗り換え…とわかっている。

バス停には必ずバス路線が表示されている。行き先と路線番号をたしかめてその番号に乗ればいい。バスでロンドンをまわれるようになれば一人前の「ロンドンっ子」だ。

雪のなか足元に気をつけて目的地へ。雪で出店もすくなかった。昔駅だったところを改修した感じ。ぐるぐると見てまわる。衣類、アクセサリー、古レコード、アンティーク商品などの小さな店が並んでいる。毎週土曜日は週変わりでのフェアーが行われているそうだ。

ひとまわりのあとは茶の専門店に入りお茶を。ここには日本茶、玄米茶、抹茶まであるのには驚いた。もちろん紅茶もある。茶葉はどれも購入できる仕組みだ。ここは特にホームズにゆかりはないが、女子のお楽しみスポット。

食べきれないほどの量の
アフタヌーン・ティー

ナショナル・ポートレート・ギャラリーへ

ヴィクトリア朝時代の有名人の肖像画をながめる。ドイルの肖像画も収蔵しているそうだが今回は展示されていない。若き日の実物よりも美しく描かれているというヴィクトリア女王、ディケンズ、ディズレーリなど、名前を知っている人も何人かはあった。

年代ごとに展示階がちがうので今回はヴィクトリア時代にしぼった。近くにナショナル・ギャラリーもある。

二年前の秋には徒歩でベイカー街からナショナル・ギャラリーまでホームズのゆかりの地を見ながらめぐったが、ここまでは足をのばさなかった。

ここの四階が展望レストランになっていて三時から五時までアフタヌーンティーのメニューが楽しめる。外は雪に覆われた絶景。ロンドン・アイが青くライトアップされ、ビッグベンも見え、この夕暮れ時の雪化粧は千載一遇というべきだろう。

上段がサンドイッチ、下段はスコーンとケーキ。ケーキは多すぎで三人ともギブアップ。今夜ミュージカルでお腹がすくといけないからもらってかえればという柴崎さんのすすめで包んでもらった。銀紙にきれいにラップされてきたが結局たべる機会はなく残念！

コヴェント・ガーデンでミュージカルを楽しむ

ここで柴崎さんとわかれてコヴェント・ガーデンのオルドウィッチー劇場へ。少し時間があったのでコヴェント・ガーデンのマーケットを覗く。雪が相変わらず少し舞っているせいか人影もまばら。

ここは、「マイ・フェア・レディ」のイライザが花を売っていたところ。その原作になった「ピグマリオン」という古い映画もDVDでみたことがある。この隣にあるロイヤル・オペラがはねた帰りに雨の中タクシー馬車を呼んでいたシーンが思い出された。

七時に劇場に着く。ヴィクトリア朝をおもわせるような古いつくり。細い階段をくだって座席に。一階は満席。一九三〇年代が舞台ということもあり、年配の人が七割がた。後ろの座席のおばさんは劇の途中、声を出して盛大に笑う。劇場全体もしばしば笑いにつつまれる。日本の劇場ではあまり体験したことがない。英語のため何がおかしいのか、私にはさっぱりわからなかったが、ラブ・コメディとのこと。歌の合間の台詞がおもしろいということだろうか。

終わって外にでたら、観光バスらしきものが数台待っていてた。どこかの町からバスを仕立てての観

フィッシュ・アンド・チップスの店。ホームズ（HOLMES）の O の字の中にホームズの横顔がある

劇かなと想像。帰りは二人でバスでパディントンまで。ロンドンっ子に一歩近づけたような気分になった。

清水さんは二〇日にクライテリオンに設置する記念プレートをエディンバラまで今日取りに行くと言っていた。宅急便のようなシステムはないそうで、送ってもらうと決まった日時につくかどうかなどわからないからと。日本でいえば注文した品を東京から青森まで飛行機の往復で受けとりに行くようなもの、ご苦労さま。

一月十九日

雪の中ベイカー街散策

雪は少しだが降ったりやんだり。朝のニュースで、ヒースロー空港が雪で閉鎖されて欠航が出たため、空港で一夜をあかした人がいたとの映像が流れていた。

一〇時半にまちあわせて三人でバスでベイカー街へ向かう。ホームズ像、みやげものやとお決まりのコース。あとは新顔の看板にホームズのシルエットをあしらったモダンなフィッシュ・アンド・チップスの店。中でお茶でもとおもったら、開店まえとのこと。店内の写真だけ撮らせてもらう。

つぎにアビ・ナショナルのビル。このベイカー街のビルの地番に221が含まれる。昔はベイカー街221Bの楕円形の記念プレートがついていたのだが今はない。

後日に清水さんにきいたところによると、ビル改修のおりにとりはずし、一〇〇ポンドで隣のホームズ博物館に買わないかともちかけたがそのままになり、結局今は行方不明になっているのだとか。「いってくれれば僕が買ったのに…」と清水さんは悔しがっていた。一〇〇ポンドなら手のとどかない額ではない。欲しいとおもうホームズファンは多いだろう。

BBC制作の「SHERLOCK」の舞台となった
「スピーディズ」

世界的なオークションサイト「eBay」にそのうちに出品されるかもしれないと清水さんは期待していた。

ベイカー街ではグッズをチェック。買い控えているので二、三点を求めるにとどめた。

「SHERLOCK」の舞台へ

そこからまたバスで二〇一三年新年に日本でも再放送がかかったBBC制作の「SHERLOCK」の下宿の舞台となった「スピーディズ」という下町の一膳飯屋のようなところへ。二〇人も入れば満席のような店。昼時でもあったので店の人が仕事していた座席をゆずってもらえた。

先客の若い女の子も「SHERLOCK」目当てらしく、携帯のまちうけはカンバーバッチ。わたしたちが帰ろうとすると外国からのホームズ・ファンとおぼしい一団がぞろぞろと店に入ってきた。今晩のホームズ会の晩餐会前にこちらに立ち寄ったのだろう。大型のタクシーでめぐっているようにみうけられた。

この店の二階、つまりシャーロックたちが住んでいた部屋が現在空室となっていて、貸家札が貼り出されている。

「東山さん、住んだらどうですか。交代で遊びに行きますから」などと冗談半分にすすめてくれる人もいて、一瞬心が動いたが、それは無理。

近くの公園のベンチのところで「ここがワトスンがすわってコーヒーを飲んでいたところよ」と柴崎さんに教えてもらう。

またバスで大英博物館へ。三〇年ぶりか。入り口の様子こそ変わらないがあとは非常にモダンに改修されている。すみずみ見るにはそれこそ何日もかかるので今日は有名どころのロゼッタ・ストーンと古代ギリシャにとどめる。

古代ギリシャの壷、茶碗、置物をみていると日本の古代に出土したものとかわらない型をしているものが多いのにも驚く。

いよいよ晩餐会へ

すっかりでもないが、バスにも慣れてきた。外が見えるし、乗り降りも楽だし。ただ、目的地までに乗り換えがあると不安。とにかく、無事ホテルにもどる。

今回の旅の二つ目のメイン・イヴェントの晩餐会に。一応ドレスアップして、二人でおでかけ。柴﨑さんは旅行日程を決めるのが遅くて申し込みが間に合わなかった。ロンドンの晩餐会はロンドン・シャーロック・ホームズ会の会員になっていれば誰でもが申し込むことができる。ただし申し込みの先着順で定員制となっている。

フロントで「タクシーは呼ぶと高いからそこで拾っていけ」と言われて、道で拾ってハウス・オブ・コモン（国会議事堂）まで一五ポンド。幸い雪もやみ、夜景にビッグベンのライトアップがきれいだ。そう、ロンドンの晩餐会は国会議事堂内のバンケット・ルームで開催されるのだから、一度は体験したいと思っていた。

六時半から入場できるのだが、六時すこしすぎには到着。アメリカ組もすでにきていて外は寒いしと、早めにセキュリティチェックをしてもらう。国会内なので手荷物チェックは厳しい。

入ったところに国会みやげの店があり、ワイン、スプーンなどなど。すべて深緑のシンボルカラーのロゴ入り。オイスター・カード・ホルダーとスプーンを記念に求めた。

カクテルの会場はキャッシュバー。お金と引き換えに飲みものを受けとり、みなグラス片手に歓談中。昨年のスイス・ツアー仲間にも再会できた。

もう二度と会うことがないだろうと思った旅のリーダーのクンツさんがみえていてうれしかった。毎年スイスから参加されているそう。彼はロンドンのホームズ会の名誉会員でもある。

会食は指定席で、私たちは遠来の客ということでメインのテーブルになった。定員一七〇名の会との

夜景に浮かぶビッグベン

晩餐会メインテーブル。写真中央がキム・ニューマン氏

こと。かなり詰めての座席セッティングだった。今回も気をつかっていただき、私の隣は日本語勉強中でスイスツアーでも一緒だったヒザー・オーウェン。すぐ前が会長、ゲストスピーカーでまさに貴賓席だった。

海外からの参加者紹介でひとりずつ名前をよんでくれる。スイスツアー参加者はそのこともつけ加えて紹介があった。

今年のゲスト・スピーカーは偶然かBSIと同じキム・ニューマン。ロンドンでも同じ話をするのだとニューヨークで語っていた。たぶん同じ原稿を読み上げたのだろうが、聴衆の反応はこちらのほうが大きく、アメリカではちらりと笑いが出た程度だったが、こちらでは何度も大きな笑いがあった。

「受け狙いで少し言葉を足したのではないですか」と清水さん。わたしにはいずれにしても異国のことば。

もう一人のスピーカーはツアーでマイクロフト役だったロンドン・ホームズ会の重鎮カルバート・マーカムで「シャーロック・ホームズとインド、日本」と題して話した。来年度に企画されているインドツアーへの勧誘もかねてだろう。

一二時ちかくに終わった。バスは終夜運転しているそうだが、乗り換えもあるしということで、タクシーでもどる。帰りは一八ポンド。

一月二十日

ドイルの「隠居絵具屋」の生原稿

また朝は雪。メールをひらくと日暮さんから一月十八日から五月十二日までブリテッシュ・ライブラリーでドイルの「隠居絵具師」の生原稿が飾ってあるとの知らせ。一〇時すぎに柴﨑さんと合流。これからライブラリーに寄ってからいきましょうということでまたバスで。昨日もこの近くまできた。「ミステリー展　A－Z」ということで「S」の項目はシャーロック・ホームズ。しっかりカメラに収めて帰ろうとしたら、出口に写真禁止の張り紙。気がつかなかった！　すみません。ホームズと同じ時代に女性探偵として活躍する物語があったことに感動した。やはり女性の活躍が日本よりすすんでいるということなのだろう。

昼食会に

ホームズ会の主催の昼食会。せっかくロンドンに来て、一夜の晩餐会だけで帰るのはもったいないからということらしいが、本当に食事をするだけ。しかも会場はセント・ポール寺院の真向かい。今回はロンドン一日目にきて、三日目にはこの寺院のすぐ近くのバーツにきて、また今日と縁がありすぎ。雪のセント・ポールはまた格別の美しさだ。

ランチの会場はディケンズの肖像もかかっている古いパブ。一階と地下になっていて私たちは地下へ。すでにかなりの人が来ているが、なんのプログラムもなく同じテーブルの人となんとなく歓談。前に座った若い女性はシャーロックの顔をあしらったえんじ色のTシャツを着ていた。「eBay」で買ったのよとご自慢の様子。若い人には本家のホームズより「SHERLOCK」のほうが人気のようだ。

昨日も雪で欠席で空席がいくつかあったが、今日も欠席があったのか「料理はもっといかが」と注文をとりにきていた。肉料理のあと魚料理を平らげる人、肉料理二皿目を黙々と食べる人も。柴﨑さんの頼んだデザートのチーズはものすごい量で、このテーブルの人みんなで分けて食べるのかと思うほどだった。

帰りきわにクンツさんに会い、「今日は四時からクライテリオンで記念プレートの除幕をする」というと

「行きます」と。昨夜も全員に会長さんからお話はあったが聞いていなかったのだろう。初耳という感じだった。

バス停でまっていると、うしろからクンツさんがきて、どのバスでもクライテリオンに行くから、このバス停でなくても大丈夫だと教えてくれた。クンツさんはロンドンのスイス政府観光局局長を長くつとめた方。さすがにロンドンには詳しい。今回はロンドン郊外に滞在中とか。チューリッヒから一時間四五分のフライトでロンドンにつくのだから、気軽にイヴェントにも参加できるのだろう。

アメリカのBSIともエールの交換。おたがいに重鎮が相互に参加しているようだ。そのため、今年はロンドンがニューヨークの後に晩餐会を開催した。来年はその逆ということをくりかえしている。今回もBSI会長夫妻がみえていた。ほかにもおられるのだろうが、みな同じ顔にみえる。

また春に日本にみえるドイル一族のお一人も、今度日本に行くからよろしくと、昨日につづき、今日も挨拶された。

クライテリオンでのプレート除幕式

三時半にクライテリオンに行くと、まだだれもいないようなので隣のみやげ物屋を覗いて四〇分ごろに着くとすでに日本からの新井さん、ロンドン在住の会員の吉村さんも来てみえる。四時から清水さん

記念プレートを持つ
清水健さん

日本からの参加者全員で記念撮影

がスピーチ、資料配布。三〇人分のお茶と資料を用意したとのこと。参加者は清水さんをいれて三一人。クンツさんもすでに座ってお茶を飲んでおられた。

　歴史的建造物に新しく穴をあけてプレートをつけるのは難しいとかで、紛失したプレートとまったく同じものを再現して取り付け、その除幕式を行う予定だったが果たせなくなった。なんだかんだと市役所の係との折衝が難航しているらしい。

　それで、今日はプレートのお披露目だけすることになった。またしっかり取り付け終わったら来ますねと約束した。ロンドン在住の吉村さんも会社の帰りに覗いてみますと。彼は高校生のときから二十年来の会員とのことだったが、今日が初対面。たまたま住所変更のお知らせのメールが届いたのでお誘いしたら参加してもらえた。

　お子さんが小さいとのことで六時くらいまでしか歓談できなかったが、残った日本人組はクライテリオンで食事をして、清水さんの苦労ばなしをうかがったり、ホームズのことなどを熱く語りあって散会した。

なんでクライテリオンにプレートなのか

このクライテリオンの前でアフガニスタンの戦場から負傷を負って帰国したワトスンがセント・バーソロミュー病院（通称バーツ）での同僚スタンフォーと青年と会い、下宿を探していることを告げた。それが、バーツでのホームズとワトスンとの「世紀の出会い」となったというわけなのだ。

そしてクライテリオンもまた、ホームズ・ファンにとっては見逃せない場所となっているのだ。

またこのたび銘板をつけることになったいきさつの詳細は清水健さん自らがホームズ・クラブの会誌「ホームズの世界」二〇一三年三六号に執筆されている。

一九五三年に、日本で初のホームズ同好会「東京バリツ支部」より、ロンドンのクライテリオン・バーでのその歴史的な邂逅を記念したプレートが寄贈された。

ところが「東京バリツ支部」が寄贈したプレートは盗難にあい、それが一九六一年に再発見され、七八年に再び店内に飾られていた。一九八一年にはそのプレートの下に四角の真鍮のプレートがつけられていた。不運はつづくもので、八四年にクライテリオン改装工事の際に取り外され、誤って捨てられたのだそう。

その円形のプレートをとめていた穴だけがずっと残っているので、今回はそこに「東京バリツ支部」が寄贈したプレートを復元して、同じところに設置する予定だった。

（後日談。二〇一五年にクライテリオンは閉店され、再びイタリアン・レストラン Savini At Criterion として再開している。日本からのプレートも設置していれば改装中に三度目の失踪ということにもなりかねなかった。）

日本初のシャーロック・ホームズ会？

また件の「東京バリツ支部」だが、ホームズ・クラブの熊谷彰さんが「バリツ支部探求2」として「ホームズの世界」三二号に詳細な研究を発表されている。

これはベイカー・ストリート・イレギュラーズの日本で初めて開催された支部活動という位置づけである。

この支部の初会合は敗戦後まもない一九四七年十月に渋谷区松濤のウォルター・シモンズ宅で開催された。出席者はシモンズ（シカゴ・トリュビューン極東支局長）、リチャード・ヒューズ（豪州記者）、デニス・ウォーナー（ロイター通信記者）、吉田健一（評論家）、江戸川乱歩（作家）らと、そうそうたるメンバーが集まり、日本のホームズ支部の旗揚げをした。その記事は東京新聞などにも掲載された。会合の様子は乱歩が「探偵作家クラブ会報」にしるしていて、それによると、その会合では牧野伸顕のホームズ論文の朗読のほかにはホームズに関する講演はなかったとあるそうだ。

敗戦後間もない頃に行われた、海外特派員記者と超上流階級の人たちが集まった会ということなのだろう。おそらく、その場でクライテリオンへのプレートの寄贈という話もでたのではなかろうか。

実は、牧野伸顕宅はGHQにより接収されていて、そこがリチャード・ヒューズ宅として使われていた、という事実も熊谷さんが探求された。

牧野伸顕（一八六一年～一九四七年）といえば大久保利通の次男で外交官、内大臣もつとめ一九三六年の二・二六事件のときには、ただ一人東京から離れた湯河原の旅館で襲われた。危うく難は逃れている。ウィキペディアの牧野の項には「シャーロッキアンの草分け的存在」とある。

ホームズを紐解いていると日本の昭和史まで見えてきて、また別の楽しみにつながっていくのが面白い。

（後日談：二〇一六年八月十七日の東京新聞の夕刊に「日本初のホームズ同好会はスパイ組織？／戦後設立「東京支部」の謎／ロンドン在住の清水さんが推理」という記事が掲載された。一九四八年十月に東京バリツ支部を唯一報じた東京新聞の記事とあわせて今年二月にスコットランドのスターリング大学で「シャーロック・ホームズとジェイムズ・ボンド、戦後日本における英国諜報活動」を講演したものなどを、東京新聞の小嶋麻友美記者がまとめたもののとのこと。

このホームズ愛好会は海外メディア陣と日本の超上流社会人の集まりだったから、敗戦直後の日本での政治家などの動向、情報などを収集するいわゆる諜報活動には便利な団体だったのかもしれない。ホームズ自身も「最後の挨拶」では兄マイクロフトの依頼で、アメリカにわたりアイルランド訛りの英語を話す有能なスパイとして活躍していた経験ももっていた。）

一月二十一日
長旅での帰国

朝六時にチェックアウト。まだ暗いからと駅まで志垣さんが荷物をもって送ってくださる。六時二五分のヒースロー・エクスプレスにて空港へ。

ニューヨークに行ってから日本に帰ると言ったらチェックインのおりに不審に思われた。こちらからまっすぐに帰れますよと。こういうルートのほうが飛行機代が安いからと説明したが、ほんとうに遠回りだ。

ニューヨークの入国審査で今日帰るのなら帰りのチケットを見せろと。ファイルに入っているのでファイルごとわたすと、

「シャーロック・ホームズ？『まだらの紐』は読んだ？」

「もちろんよ」と応えると「『赤毛連盟』は？」と。「当然ですよ。六〇篇翻訳したんだから」と自慢する。

「じゃあ、ホームズの兄さんの名前は？」

「マイクロフトよ」

「よし、それではいい旅を」とサインしてくれた。

ニューヨークの入国審査は長蛇の列。こんなことみんなに訊いているのなら列も長くなるわ！

ターミナルを移動。やっと日本語の通じるカウンターに来て座骨神経痛なのでとおねがいして車いすで移動させてもらう。かなり良くはなっているけれど、荷物をもっての移動はちょっと辛い。

車椅子で送っていただき機内へ。ニューヨーク・ロンドンとホームズ三昧の旅を無事に終えることができて感謝。

第4章　母と娘の英国旅行、ちょっとパリ

（二〇一三年、ロンドン、ダートムアとパリの旅）

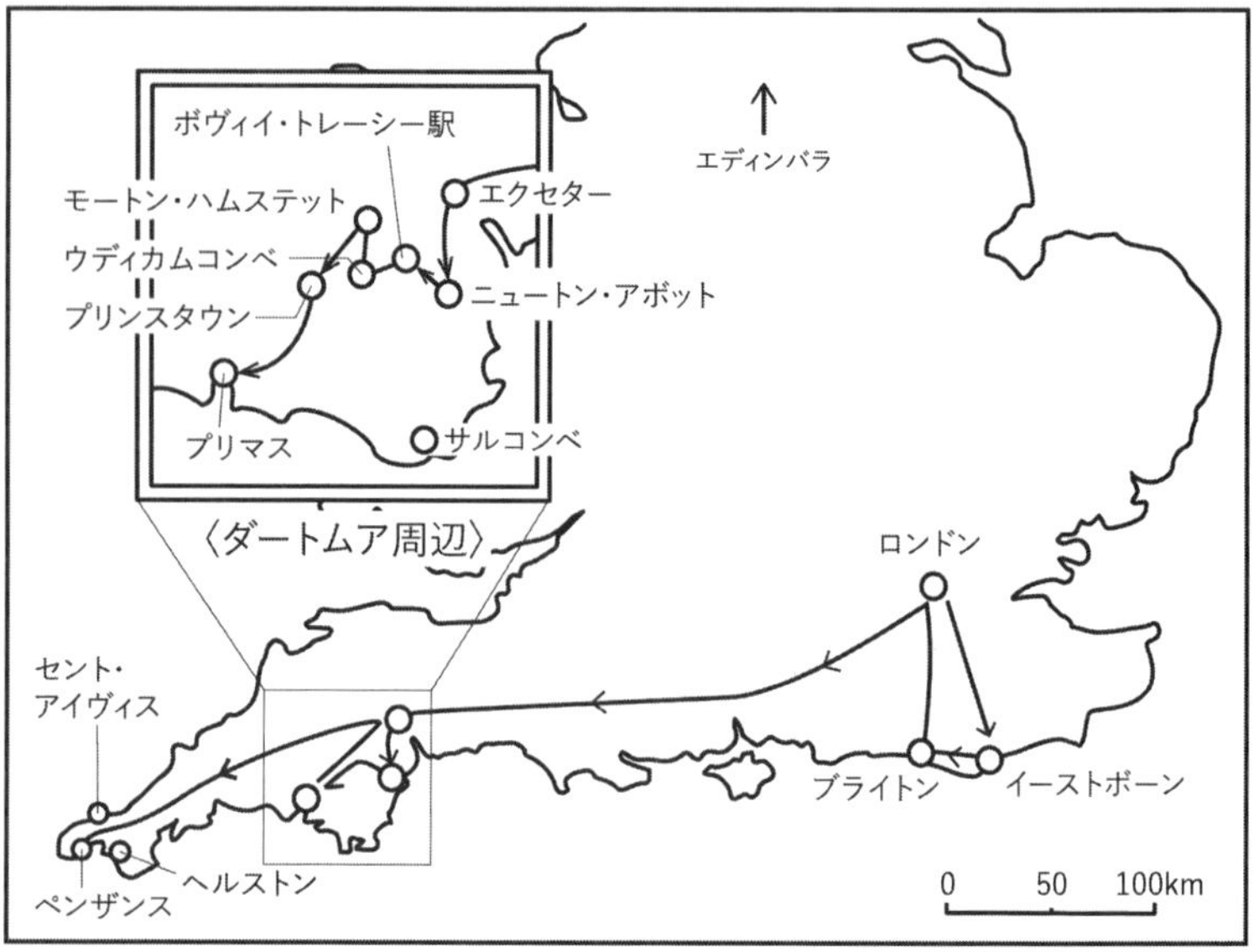

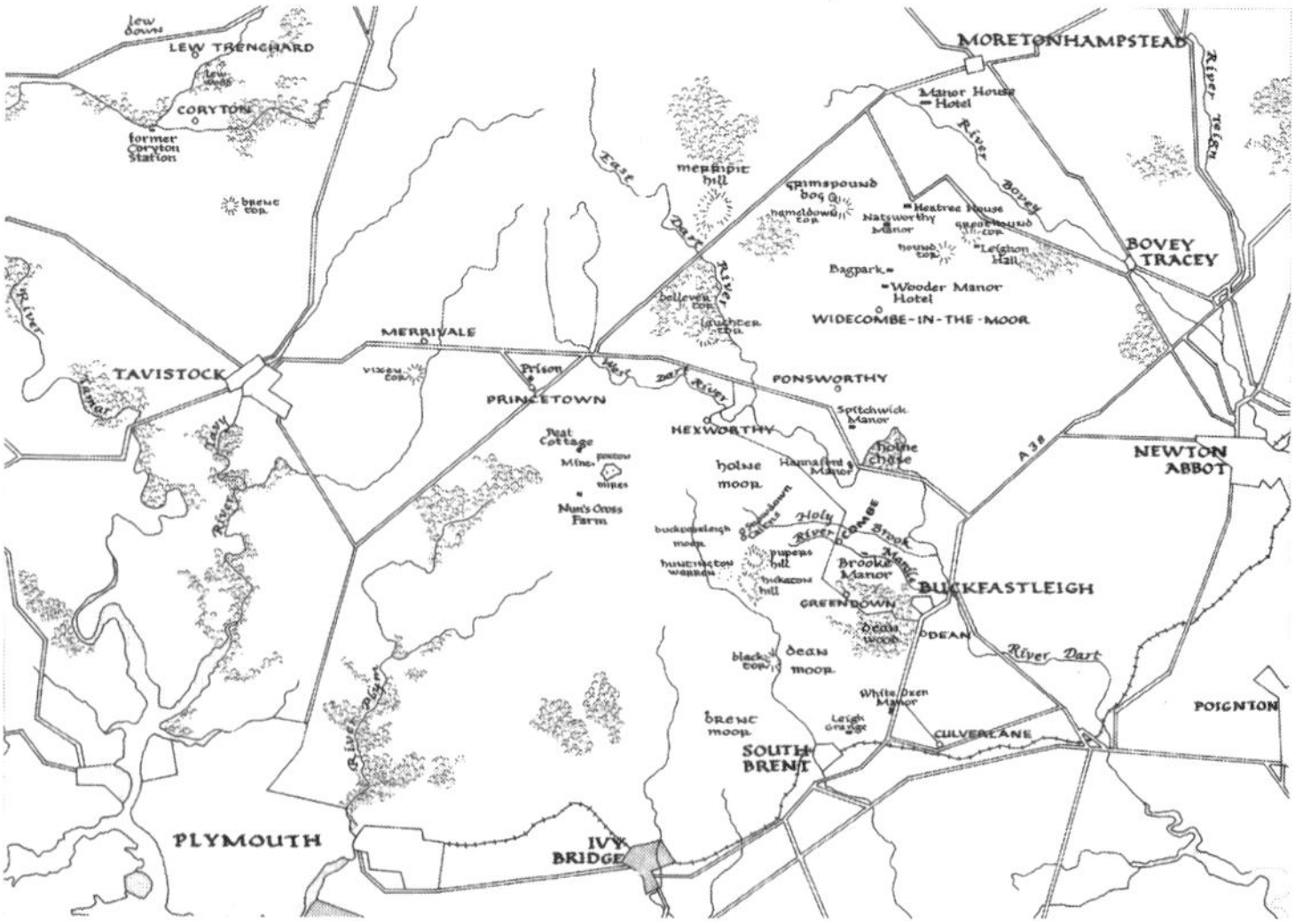

David L. Hammer: The Game is Afoot. 1983（188 ~ 189p）
Maps by Jack Tracy

二〇一三年五月十二日

娘エリカに誘われて

ホームズ・クラブの例会の日にあたり、朝一〇時四五分にワンラインにて出発。愛犬を娘にあずけて、炊き込みご飯のおにぎりをもらって吉祥寺、池袋経由で茗荷谷の会場へ。明日からロンドン、パリということでおおいに羨ましがられる。

パリのホテル・ドゥ・ルーブルにはホームズのプレートがあるから見てくるようにとのアドバイスをもらう。

五月十三日

ヒースロー空港で合流

エリカに七時に電話したらもう日暮里だそう。今日はターミナルが発着ともに別でロンドンのホテルで合流することにした。

あいかわらずの足痛で飛行機内は寝ないようにと映画三昧。正月に映画館でみた「レ・ミゼラブル」をもういちど観る。「愛することは神のうちに生きること。」すばらしい名言に心打たれる。貧困にあえぐ人々、今も変わらない世の中。

ヒースロー空港からヒースロー・エクスプレスに乗り換えようと通路を歩いているところでエリカに声をかけられる。ターミナル４に着いてからわたしを迎えに出てくれたそう。簡単に合流できてなにより。パディントンのホテルにふたりそろってチェックインできる。

目指せベイカー街

休憩の後二人で駅でオイスター・カードを購入。わたしは忘れてきてしまったので一五ポンド払った。五ポンドはカード代、一〇ポンドはチャージした。このカードがないとバスも地下鉄も高くなるうえ、バスなどお釣りももらえない。日本だったら大問題になりそうなのにそれが普通。

エリカに「バスではお釣りもらえないよ」といったら「そんなばかな、うそでしょ」と驚いていた。バスの中だけかとおもったらバス停にある券売機でもおつりは出ない。「No Change Given」とある。「おつりは出ません」と明示しているのだからそれで問題はないということなのだろう。

オイスター・カードを利用して地下鉄にてベイカー街へ。おりたら、ホームズのシルエットのあるホームに到着。さらに通路壁のホームズ・シルエットなどをカメラに収める。地上にあがると懐かしのホームズ像。今年は一月にもお目にかかっている。あたらしくできたベイカー街のフィッシュ・アンド・チップスの店「ホームズ」、アビ・ナショナル跡のマンション入り口、夕刻で閉館中のホームズ博物館前をとおり、シャーロック・ホームズ・ホテルで夕食。五月というのに風がつめたく、エリカは「寒い、寒い」と長居もせずに食事も簡単に。一応シャーロック・ホームズ・バーガーと銘打ってあるものと普通のフィッシュ・アンド・チップスを食して再度地下鉄にてパディントンに戻る。

ちょっとした食事と飲み物一杯で二人で三〇ポンド。ポンドは成田空港で換金したら一ポンド一六〇円ほど。ひとり二〇〇〇円ちょっとということころだろうか。

地下鉄ベイカー街駅のホームにはホームズのシルエットが

夕刻で閉館中のホームズ博物館

五月十四日

ホームズ博物館訪問

今朝はパディントン駅前からベイカー街までバスで。リージェント公園散策の後、ホームズ博物館の開館をまって訪問。ミュージアム・ショップで入場券を購入。こまごま写真を写す。

階段をあがった片すみに小さなドラが説明もなしに置かれていた。ちょうど十二日の例会で「ぶな屋敷」のヴァイオレット・ハンターが家庭教師紹介所に行ったとき、紹介所のストウパ夫人が鳴らしたベル（鐘、ドラなど翻訳により表現はさまざま）はどんなものだったのかが話題になり、グラナダ版のその場面をさがし出したものを見せてもらった。それが卓上用のドラだった。原文はたしかに「gong」。状況に引かれてベルと訳してしまった。わたしはここは卓上の小さなベルで上をたたくと「チン」と音の鳴るものを想像していた。エリカの小学校入学面接のときにも先生が時間がくるとチンと鳴らし、はい、次の人……と呼び出しに使っていたもの。

ところがこの博物館にはしっかりこのドラがおいてあるのだ。日本では目にしたことがなかった。いつでも、何か新しいことがわかる。それがみんなで集まっていろいろ語り合うことの良さだろう。後日、ペンザンスのホテルでわたしがイメージしていたベルも発見した。

昼食はあたらしくできたフィッシュ・アンド・チップス「ホームズ」で。エリカはフィッシュ・アンド・チップス、私はパイを注文し、シェア。トイレは向かいのスタバを使ってということで、スタバに入る。思い返せばここですでにエリカはワトスンの帽子はかぶっていなかった。日本からわざわざ購入してきたそうだ。ホームズ博物館には記念写真用にワトスンの帽子も用意されていたので、持参しなく

博物館の階段をあがったところに
ちょこんとドラが置かれていた

エリカとシャーロック・ホームズ博物館の前で

てもよかったのにとこぼしていた。スタバのあとにベイカー街からバスでオックスフォード・サーカスまで向かう。そのバスの中で朝からかぶっていた帽子がないことに気づいたが、もういらないというので探しにもどらなかった。

ランガム・ホテル、クライテリオンと名所めぐり

一月にロンドンに来たときに、バスでの移動を教えてもらった。足があいかわらず痛いので地下鉄の駅の昇り降りがつらい。うまく乗りこなせれば便利な乗り物だ。

ここから近くのランガムホテルへ。おしゃれな紅茶を購入。缶がきれい。このホテルにはボヘミア王が宿泊したこともあるし、「四つのサイン」のメアリ・モースタンも宿泊している。BBCの管理棟だった時代を経て、現在は超高級ホテルとなっている。

次にクライテリオンへ。ホームズの時代にはクライテリオン・バーといわれる高級な店だった。ここクライテリオンの前でワトスンはセント・バーソロミュー病院で手術助手をしていたスタンフォード青年に出会った。アフガニスタン戦争で負傷して本国にもどり、傷病年金ぐらしだったワトスンがホテルから下宿にかわりたいとおもっていた矢先に、下宿を共同で借りたいという少々風変わりな人間がいると知らされた。そしてセント・バーソロミュー病院でのホームズ、ワトスン世紀の出会いとなるわけだ。ホームズ・ファンにとってはロンドン訪問時の必見の場所となっている。

クライテリオンでのお茶は二時半からで、それまではランチタイムだということで、時間をつぶすことにする。エリカの希望でボンド街へ向かったのだが、そこに行く途中のピカデリー教会の庭のフリーマーケットにエリカは夢中。珍しい印刷用活版文字を特殊な方法で加工したというハンコをみやげに購

入。すごくかわいらしいのだが、一度見本に押したあとシンナーで拭いたせいだろう、カバンにいれるとカバン中が臭う困りもの。

フリーマーケットにはまっているエリカをむりやりにクライテリオンまで連れもどし、やっと三時に到着。お茶。

ここには、かつて日本のホームズ会の「東京バリツ支部」が寄贈したプレートがあったのだが、それが何らかの加減で紛失し、そのままになっていた。同じものを再び製作して設置しようということでプレートをロンドン在住の日本シャーロック・ホームズ・クラブの会員、清水健さんのご努力で製作し、ホームズ・クラブから寄贈することになっていた。そのプレートの除幕というかお披露目は今年一月にしたのだが、まだロンドン市から認可がおりないようで設置されていなかった。夏までにはつけると張り切っておられたが、なにしろあいてはお役所でなかなか大変な作業の様子。（二〇一六年十月現在未設置）

ホームズ・ワトスン出会いの場

ここからわたしたちはタクシーでバーソロミュー病院（通称バーツ）にむかう予定だったが、小雨模様も手伝ってか空のタクシーはとおりがからない。バスでの移動もできるのだろうが慣れずに無理。結局地下鉄で一度乗り換えでバービカンへ。地下鉄でさらに乗りかえとなると足も痛いし、なるべくなら避けたいところだが仕方がない。

バービカンからは徒歩で一〇分ほどでバーソロミュー病院に四時一五分着。ホームズがワトスンに初めて会ったときに言った「アフガニスタンに行っておられましたね」という名言を刻んだ記念プレートも収蔵してある博物館は四時まで。外壁などの写真をうつす。BBC放映の「SHERLOCK」シーズン2のラストシーンのホームズが飛び降りた病院の建物もカメラに収める。クライテリオンからタクシーがうまくつかまれば間に合ったのに。ロンドンの交通も地図もなかなか頭には入らないので無駄が多い。

「SHERLOCK」の下宿スピーディーズへ

病院前ならタクシーも捕まえられる。ここからは、ユーストン駅のすぐとなりのスピーディーズという小さな食堂にむかう。BBC放映のシャーロックでのホームズ、ワトスンの下宿となっている場所だ。撮影は外観だけを使い、家のなかの撮影は別途おこなっているとのこと。ここも残念ながらシャッターがおりていて中には入れなかった。

熱烈なSHERLOCKファンのスウェーデンからの中年の女性に後日聞いたところによると、当日は撮影が行われていて中に入れないようになっていたのだとか。いまや、シャーロック・ホームズではなくSHERLOCKファンのほうが凄いのかも……。

コヴェント・ガーデンと「マイ・フェア・レディ」

ここから「青いガーネット」に登場しているコヴェント・ガーデンに地下鉄で向かう。ガーネットを飲み込んだ鵞鳥の行方をさがしてホームズとワトスンがここに来たことになっている。当時ここは青果市場だったので鵞鳥はバービカンからバーソロミュー病院に行くときに通ったスミスフィールドの肉市場だったのだという説もある。

コヴェント・ガーデンはちょっとおしゃれな店、食べ物屋などがはいるスペースになっている。ロイヤル・オペラハウスに隣接していて、バーナード・ショウの書いた『ピグマリオン』をミュージカルにした「マイ・フェア・レディ」のイライザが花を売っていた場所でもある。ちょうど出発前に日生劇場で上演されている「マイ・フェア・レディ」の初日をみてきたところなので興味深い。

バーナード・ショウは巧みに『ピグマリオン』に「ホームズ物語」をちりばめている。「第二の汚点」にある「女性の犯罪の動機はヘアピン一本のためだったりする」というセリフを拝借してイライザに「叔母は帽子はおろか帽子のピン一つのためにだって人殺しをしかねない」と言わせている。『ピグマリオン』が書かれた前年の一九一三年にショウとドイルは「タイタニック号事件」における船長の責任についての論争も展開している。論争はショウの一方的勝利でそれを決定づけるために自分の小説にホームズそっくりの人物を描いたのだといわれている。

「マイ・フェア・レディ」は映画化されている。もともとヒギンズ教授は人の話す言葉によってその出身地をずばり当てるという設定でホームズをモデルにして描かれている。自分の研究にのめりこむと周りのことには目もくれず、猪突猛進する姿はホームズその人である。ヒギンズ教授の相棒できわめて常識人として描かれているピカリング大佐はワトスン役。

オードリー・ヘップバーン演じるイライザにぞっこん惚れるやわな青年フレディー役が後年グラナダＴＶ製作のシャーロック・ホームズ・シリーズでホームズを演じてホームズ役者としての名声を博した若き日のジェレミー・ブレットである。このことからもホームズ・ファンには見逃せない作品となっている。

ロンドン交通博物館

この広場の横にロンドン交通博物館がある。博物館はすでに閉館だったが、ショップはしっかり開いている。地下鉄関連の書籍、グッズなどがあり、覗いていると「恐怖の谷」でワトスンが時刻を調べたという「ブラッドショーの鉄道案内」（当時の時刻表）の復刻版もあった。厚いし高いので購入せず。さらに、ホームズのロンドン案内もみつけた。今年出版されたもので、デイリーテレグラフの記者が書いたそう。

わたしたちが出版したとんぼの本の『ホームズのヴィクトリア朝ロンドン案内』や今は絶版になってしまったが求龍堂の『シャーロック・ホームズの倫敦』のほうが写真も豊富で立派だと思った。

本はもう買わないと決めたのにそのガイドブックをふくめて三冊を購入。おもいがけない収穫にご機嫌。

シンプソン・イン・ストランドの正面入口

シンプソンで夕食

夕食は母の日プレゼントということでシンプソン・イン・ストランドを七時三〇分から予約してくれてあった。少し時間があるので隣のサボイ・ホテルで一休み。サボイ・オペラ劇場に隣接している高級ホテル。

七時をすこしまわったところでシンプソンへ。良い席が予約されていた。以前にロンドン在住の清水さんと来て、この店の名物のローストビーフを彼がオーダーしてくれて食べた。しかし、メニューを見てもそれがどれにあたるのかわたしたちにはさっぱりわからない。メニューの下のほうにトラディッショナルなんたらというのがあり、そのうしろにプディングとあるのでローストビーフのヨークシャープディング添えだと思った。エリカは同じくトラディッショナルなんたらのパイを注文。やはりパイが添えられているものと思っていると、でてきたものはなんとも奇妙なもの。しかも口にあわない。ふたりともほとんど食べずに残してしまう。

ふと見まわすと客は外国人とおもわれる人たちが多い。投げやりなピアノの生演奏がいっそう気分を悪くする。日本人へのサービスか「上を向いて歩こう」だの、「北国の春」などまでが流れてくる。イギリスの伝統料理とはまさにこれなんだと二人で妙に納得して、時差で眠い目をこらえてタクシーでパディントンのホテルへ。一五ポンド。

濃いスケジュールと時差ぼけでベッドに倒れこむ。

五月十五日

ハイド・パークへ

朝ホテルをチェックアウト。パリから帰ってからの宿が同じホテルでとれなかった。念のために再度きいたが満室とのこと。すぐ近くのロイヤル・ノーフォークホテルを押さえてある。ネットでホテルの予約もできて便利な世の中になった。

荷物を預かってもらって、ハイド・パークのサーペンタイン池へ。ホテルからまっすぐ南下すれば池に出るはずだったがなぜかマーブルアーチに出てしまう。公園に入ったところでトイレに行きたくなり案内板にしたがっていくが、みつからず。一度公園のそとに出るとちょうどそこは「空き家の冒険」でロナルド・アディア卿が空気銃で撃たれたという高級住宅街のパーク・レインだ。現在もハイド・パーク添いの高級住宅地でもあるように見える。張り出し窓のある家をカメラに収めようと道の向こう側を見るとThe Cumberlandの文字。「青いガーネット」事件でモーカー夫人が超高価な宝石を盗まれた舞台となったホテル・コスモポリタンと間違えた。ホテル・コスモポリタンは架空だったのに記憶違いとは！

エリカはこのホテルの一階がケンタッキー・フライドチキンだったことに感動していた。ニワトリも鵞鳥も鳥だと…。ついでにホテルに回りこみパンフレットを頂戴する。現在は外国資本による高級ホテルのようだ。今も昔も庶民には手のとどかぬ高級ホテル。

ここで気を取り直してランカスター・ゲイト行きのバスでハイド・パーク内にはいることができた。しばらくロンドンにごぶさたしているあいだの、一九九七年にピーターパンの像もできていた。エリカはピーターパンの物語を下敷きにした『ネバーソープランド』という小説を大学生時代に書いて河出書房新社から出版している。ホンマタカシさんにご提供いただいた美しい写真の表紙が印象的だった。

公園に入るとリスが「おちょうだい」のポーズをしてよってきて、人なつこくコートによじ登ってくる。

昔、小林との旅で、リージェント公園のリスにうっかり手を出してかまれてしまい、あわてて公園事務所にかけこみ手当してもらったこともなつかしい。今回はエリカに手は出さないようにと注意する。かわいらしく、つい手を出したくなるものだ。

何年ぶりのサーペンタイン池だろうか。ひとしきり、この池でパーシー・シェリーの身重の妻が身投げした話をする。だから、当時の人はサーペンタイン池から「花嫁失踪事件」のとき、花嫁衣裳が見つかったということですぐにシェリーの妻の身投げのことを思い出したんだよと。

シェリーは妻が亡くなったあとに三角関係にあったメアリと結婚生活をおくることになり、そのメアリ・シェリーはホームズとワトスンが「最後の事件」のおり、アングリッシャ・ホーフのピーター・シュタイラーにすすめられて行くことになっていたローゼンラウイで『フランケンシュタイン』の執筆をした。

いろいろつながっていて面白い。

バッキンガム宮殿

池をぬけて行けば近かったのだが、もう一度入り口にもどる。パリ行のユーロスターまで時間があるし、そうだバッキンガム宮殿に行こうということになり、タクシーで宮殿へ。計画を上手に立てればいいのだがなんとなくいきあたりばったり。宮殿に着くと衛兵交代の時刻だった。これに合わせて観光客が山のよう。交代をみようとみな柵のところにへばりついていて、その後ろからでは、背がひくいのでほとんど何も見えない。親切な人がここから見なさいと柵の前をゆずってくれて二、三分ほど見ることができた。赤い制服に身をかためた衛兵たちは隊列をつくり音楽をかなでていて、古きよき大英帝国を彷彿とさせる。そういえば「SHERLOCK」でシーズン3の第2話ではこの赤の制服に身を包んだ近衛兵が何者かに殺されるという話が盛り込まれていた。

この宮殿の前には大きなヴィクトリア女王の像がおかれている。英国の各地はもとより大英帝国の一員であるオーストラリアの海辺の町アデレードでもこの女王碑をみたことがある。

セント・パンクラス駅

みなが帰りだしたら混むからと通りがかったタクシーでパディントン駅近くのホテルへ。パリから帰ってきた日に泊まる、駅のすぐ前のホテルに荷物を預ける。エリカはパリでの仕事に必要だと大きな旅行カバンを持っている。習い覚えたバスでセント・パンクラス駅へ。タクシーだと一五ポンドほどで行かれるようだが今日はいったりきたりで二回タクシー移動したし、ということでバスにした。

パディントン駅前からユーロスター発着駅のセント・パンクラス駅へむかう。この駅に併設されているセント・パンクラス・ホテルで「花婿失踪事件」で失踪した花婿とメアリ・サザーランドは結婚披露宴をすることになっていた。長く廃線になっていた鉄道駅だったがユーロスター駅として生まれ変わった。

この列車開通により、ロンドン・パリ間はわずか二時間半となった。列車といえども国際線、飛行機ほどではなく、水などはもって入れるが手荷物検査がある。同じユーロ圏内ではあるがパスポート・コントロールもある。出発三〇分前までにはくるようにとチケットに明記されているのはこのためなのだ。ロンドン在住の友人が日帰りでパリに行くといっていた。飛行機や船などで行っていたことを思うと隔世の感だ。

ネットでみたときにユーロスターの一等は食事がでるのでお得とあった。チケットはエリカが手配してくれたのだが、一等と二等の料金の差額が一万円もしたので二等にしたと。たしかに二時間半のあいだだけのこと。一万円はもったいない。ちなみに二等は九〇ドル、エリカが購入したのは一〇〇ドルだった。チケットは購入時期によって値段が変わるのだそう。

駅で少し遅い昼食ののち乗車

パリではエリカは仕事。急に決まったのでパリ在住のわたしの友人は旅行中。友人が他のひとにわたしの受け入れを当たってくれたがみな急でだめで、わたしはエスペラント語を話すので、エスペランティストが経営する北駅から地下鉄で四つ目のB＆Bを紹介してくれ、そこに滞在するつもりでいた。エリカがそれでは心配だからと彼女がかつて何日か泊めてもらったフランクさんのところでお世話になれと強くすすめる。慣れないパリに一人にするのは心配だとしきりに言うので従うことにした。

フランクさんが日本にみえたときには小林とエリカと四人で日本料理を囲んだこともあり、知らない仲ではない。この歳になると人様の家に泊めていただくのは少々気重なのだが、今回はエリカに従うことにした。

フランクさんが、駅改札に迎えに出てくれていてうれしかった。

フランクさんの家はガンベッタ駅のすぐ近く。地下鉄で向かう。わたしのために回数券をわざわざ用意していてくれていた。風邪で熱があり体調がすぐれない中に。ありがたい。

パリのアパルトマンというのだろうか、古めの建物を上手に使ってあるすてきなお家。客用に四畳半ほどの寝室があり、日本式のふとんがおいてあった。

パリでの友情の輪

近くにエスペラント仲間がいるから一緒に食事に行こうと近くのお店に行く。店の近くに住むファーモさんがお酒をのみながら待っていてくれた。彼は眼がまったく見えないが慣れた道は大丈夫とのこと。

ピアニストで、エスペラントの大会でもすれ違ったことはあったかもしれないが、そのときは気づかなかった。日本のエスペラント仲間でつい先日なくなられた視覚障害をもっておられたTさんとは何回もお会いになったことがあるとか。私のパリ在住の友人のことも彼女の亡くなったご主人のこともご存知だった。

いろいろ楽しくおしゃべりをしたかったが、時差で眠いわたしと体調のすぐれないフランクさんなので早めに切り上げることにした。

明日のパリ見物は地下鉄よりもバスでの移動をすすめてくれたのはファーモさん。フランクさんは初心者にわかりやすい地下鉄でといったが、外の景色の見えるバスのほうがいいよと。どこにでもでかける積極的な方のようだ。

奥様と三人のお子さんはパリは住みにくいとベルギーのブルージュにすんでいて週末にお互いに行ったり来たりされているそう。奥様はブルージュで仕事をされている。庭もあるしもっとゆっくりできるからぜひ今度はブルージュへと。すてきなカップル。

五月十六日

パリ見物

早くめざめる。フランクさんは起きたかな、と思ったら、もう会社へおでかけ。鍵をおいておくので好きにしてねと。

昨日教えてもらったバスで乗り換えなしでオルセー美術館に到着。開館前ですぐ近くのカフェでパリジェンヌ気取りでクロワッサンとコーヒーの朝食。

パリもホームズにまんざら縁のない町ではない。

外交文書紛失事件の「第二の汚点」で、ロンドン市内で何者かに殺害されたスパイのエドアルド・リユーカスは、パリの小さな別荘風の住宅で妻と暮らしていた。パリ警察が彼の妻を発見したことから物語は思いがけない展開をとげることになる。

また、「最後の事件」はホームズがスイスのライヘンバッハ滝でモリアーティと対決する有名な作品。グラナダTV制作のこの事件では冒頭に正典にはないパリのルーブル美術館が登場していて、ホームズはフランス政府から「モナリザの微笑」絵画盗難事件の依頼をうけたことになっている。盗み出しを指揮したのがモリアーティで、それをホームズに暴かれたことが世紀の決闘へと繋がったのだという筋立てにしてあった。

オルセー、オーランジェと美術館をまわり、ノートルダム寺院への途中で遅めの昼食。一度はオムレツをとたのんでみる。しばらくすると雨がふりだし、雨宿りの客で店は満席。そのうちに雹までふってきてびっくり。しかし、すぐにおさまり、外へ出るともう傘もいらない。

ノートルダム寺院は観光客で一杯。各国語で静かにとの表示。ここは祈りの場。寺院のなかに売店があったり、日本の東大寺をおもわせる。

ルーブルにもどったのはすでに四時をまわっていたので、入館はせずに外観だけをながめて、ホテル・ルーブルへ。ここは「ブルース‐パーティントンの設計図」で国際スパイのオーバーシュタインとの連絡先に使われたホテル。ホームズのプレートがあるというので見にいくと、あいにくリニューアル

翌年写真に収めた、ホテル・ルーブルでのプレート。
オーバーシュタインの名が上に見える

のために移動して今はないと。もうしばらくしたらまた設置するとのことで、がっかり。

この話をフランクさんにしたら、写真とって送ってあげるよと。

（翌年パリの友人を訪問した折、カメラに収めてきた。）

帰りもバスで乗り場をさがすのがちょっと大変だったが、無事ガンベッタまでもどる。七時フランクさん帰宅。今日はわたしがご馳走したいからと夕食に誘う。今夜もパブでファーモさんとまちあわせ。ビールをのんでからビストロへ。おいしい料理。結局お二人にご馳走になってしまった。フランクさんたちは赤ワインをあけていて、ひとくちだけ味見。二人ともカトリック教徒、フランスはカトリック国だし、私も信者ということで意気投合。

エスペランティストはカトリックとかプロテスタントとかこだわらない教会一致というエキ

ユメニカルだ。エスペラントの世界大会では必ず開会式の日が日曜日にあたっているのでエキュメニカルの礼拝がいつでも用意される。各国からの宗派をとわずキリスト教の聖職者が共同で司式をして参加者もエスペラント語で「主の祈り」をとなえる。私たちは主にあってひとつ、ことばもひとつ。とてもよい夕べをすごすことができた。「航空運賃が高いのだからもっとゆっくりした日程でおいでよ」と。でも犬と猫がさみしがるから二週間が限度。

五月十七日　再びロンドンへ

朝六時半にでるので目覚まし貸してと頼んだら起こしてあげるからと。結局目はさめたけど乗り遅れても困るのでお願いしておく。

朝お茶をわかしてくれて、おいしいオーガニックのビスケットも一箱いただく。少し早いけれど地下鉄で北駅へ。

帰路は一等車の客となる。しばらくしたら朝食がサービスされてきた。ヨーグルト、生クリームサーモンなど豪華。パンは多すぎるのでおみやげにひとつもらおうとお盆の紙で包んでもらっていくことに。下げにきたときに紙はどうしたのと聞かれたので記念にいただいたというと、ワゴンからカトラリー一式とコップを出してどうぞという。「いやいらない」といっても「持ってけもってけ」と。東京まで持ってきました。

二時間半の旅、パリ、ロンドンの時差一時間。オイスター・カードを大きなカバンにいれてしまったというのでバス停でエリカは切符購入。自販機でもとめて二ポンド半。三ポンドコインを入れてももちろんお釣りは出ない。

ハロッズ〜ウェストミンスター

ホテルにつくと荷物は奥のほうでとても出せない。エリカの荷物をあずけてお出かけ。このホテルはエレベーター故障中。滞在中になおる気配はない。

このあいだなくした帽子はやはり惜しいということでお店にききに行くことにして再びベイカー街へ。先日入ったお店に尋ねてみたが、ない。

そういえばシャーロック・ホームズ博物館に同じものがあったと買いにいくが四〇ポンド（六〇〇〇円以上もする）もするのであきらめる。ワトスンがかぶっていたようなツイードの帽子も予備にあるし、それで我慢するという。博物館は写真撮影用にホームズとワトスンの帽子が用意されている。なくすくらいなら持ってこなければよかったと、エリカは嘆くことしきりだった。

次にベイカー街からハロッズへ。ナイツブリッジまでバス。デパートにはいると名店が気軽に味わえるコーナーがある。せっかくなので一九一六年からの老舗というところで食事。ここの老舗の味はなかなかおいしかった。

デパートからは地下鉄でまっすぐにウエストミンスターをめざせばよかったのだが、階段の上がり下り、乗り換えは足に負担なのでバスに乗った。しかし路線を間違える。おかげでワトスンがすんでいたサウス・ケンジントンも通過。なぜか町からはずれていく。地下鉄駅のあるところで降りようということでかなり西に行ってしまったが、今度は地下鉄でウエストミンスターを目指す。

外務省などのあるホワイト・ホール

赤レンガの二代目スコットランド・ヤード

駅を上がるともう目のまえに国会議事堂とビックベン、一月にロンドン・シャーロック・ホームズ会の晩餐会が開かれた建物がある。カメラに収め、近くのレッド・ライオンという歴史のありそうなパブに入り、ビールを味わい一服。この建物の裏が赤レンガづくりの二代目スコットランド・ヤードの庁舎跡。ホームズが出入りしていた建物である。現在のロンドン警視庁はニュー・スコットランド・ヤードの立派な三角表示板をしつらえた超モダンな建物になっている。

パブの向かいはホワイト・ホール。外務省などの省庁が入っていて「ホームズ物語」にも登場。ホームズの七歳年上の兄、マイクロフト・ホームズも「国家にはなくてはならない存在」としてここで働いていた。その少し先は首相官邸のあるダウニング街。

「いきあたりばったりの割にちゃんと連れていってくれるね」とお誉めとも呆れともつかないお言葉をいただいて、またもや下準備の悪さを恥じるも、これも旅の醍醐味。

テムズ河下り

テムズ河に出て、当初から予定していた船下り。

ロンドン塔まで約三〇分。風が冷たいが甲板しかいるところがない。観光客ばかりでビデオをまわしている人、写真を撮る人ばかり。わたしたちも負けずに写真撮影。河から赤レンガ造りの二代目スコットランド・ヤードの建物がくっきりと見える。新名所のロンドン・アイで船は一旦とまり、新しい客をのせロンドン塔へと向かう。

タワーブリッジをこれほど近くにみるのは初めてのようなきがする。ここは、この間放映されたガイ・リッチー監督、ロバート・ダウニー・Jrとジュード・ロウがホームズとワトスンを演じた映画「シャーロック・ホームズ」の最後のシーンにも登場していた。このブリッジができあがったのが一八九四年。このブリッジが登場していることで時代が特定できるということでもある。

世界遺産に登録されているロンドン塔はかつては女王エリザベス一世が幽閉されていた。監獄として使われていたこともある。見学もできるが今回はパス。

船からおりたところのスタバでまた休憩。つぎに地下鉄でチャリング・クロスをめざす。エンバンクメントでおりるとちょうどチャリング・クロス駅の横。そうだ、ここの駅のガード下のミュージック・ホール（日本の寄席のようなところ）にも前にきたことがあったことを思い出した。

テムズ河から仰ぎ見るロンドン・アイ

　途中のオーガニックのお店でみやげものの茶などを購入。会計のときに品物をなげるような雑な店員とおもったら、閉店まぎわに滑り込んだようで、店を閉めたくてうずうずしていたためらしい。わたしたちが出たらとたんに店に鍵をしめていた。

チャリング・クロス、
シャーロック・ホームズ・パブ

チャリング・クロス駅、チャリング・クロス・ホテルはともにゆかりの地。チャリング・クロス駅はホームズ時代はサウス・イースタン鉄道のロンドン終着駅でホームズとワトスンはこの駅から「アビ農園」事件と「金縁の鼻めがね」事件で事件現場に向かった。「ボヘミアの醜聞」で新婚のアイリーン・アドラーとノートン夫妻がホームズの裏をかいて早朝に大陸にむかったのもこの駅だった。ほかにも「第二の汚点」「空き家の冒険」「高名な依頼人」にも登場している。

チャリング・クロス・ホテルは駅に隣接している高級ホテルで「ブルース‐パーティントン設計図」事件でホームズは国際スパイのオーバーシュタインをこのホテルの喫煙室に呼び出している。

（二〇一六年現在はアンバ・ホテルと名前をかえて営業中）

八時の予約が三〇分遅れでシャーロック・ホームズ・パブへ。幸い二階席に空きがあり坐れたがそのあとすぐに満席。予約は一〇分しかまってもらえないとのこと。

フィッシュ＆チップス一皿と飲み物という悪い客。チップ一・五ポンドを支払い時にカードに上乗せ。

バス二三番でパディントン駅まで直行。昼に出せなかった荷物もすんなり出せてご機嫌。

パリからの長い一日だった。

五月十八日

パディントン駅にてブリットレイル・パスの有効手続きをする。何日から使用するかを記載する手続きだ。日本でパス購入時にもできるが手数料が一〇〇〇円かかるので現地ですることにした。ブリットレイルパスは英国在住でない人が購入できる全土乗り放題チケットで、わたしたちは四日間のものを用意してきて二一〇〇〇円だった。パディントン駅の行列がたまたま短かったからよかったが、乗る列車が決まっていたら前日に手続きしておいたほうが無難だ。

　ここから地下鉄でヴィクトリア駅へ。ロンドンは行き先によって発駅がちがうのはホームズの時代から変わらない。ヴィクトリア駅もひさびさだ。この近くにも安宿が多く、旅に便利なので駅近くの安宿に泊まったこともある。今は世界中のホテルがインターネットで予約できて、キャンセル料金も前日までかからないというようなシステムもあり、いちいちホテルに「空室ありますか？」などと聞きに入ることもなくなった。

　ヴィクトリア駅は大きくてめざすホームは一九番線。慣れないところは早めにしないと乗り遅れる。今回は予定よりも一本早く乗れて、エリカの取材のおつきあいでバージニア・ウルフがロンドンの戦火を逃れて疎開していたという村を訪ねる。乗った列車はイーストボーン行。ここはホームズの引退の地でぜひとも訪ねたいところだが今回はスケジュールの関係で無理。ロンドンから一時間ほどで行けるのでまたの機会に。

　列車は途中切り離しがあり、イーストボーンに行く車両とリトルハンプトンに行く車両に分かれる。わたしたちは後ろに乗ったのでイーストボーン行きだ。

　目指すルイスに行くのかエリカがさかんに心配している。小林とまわったときにも列車の切り離しで目指すところに行かれなかったこともあったが、当時はホテルも予約していない行き当たりばったりの旅だった。

　今回はエリカが鉄道の時間もチェック。ブリットレイルの乗り換え案内でみられるのだそう。ホテルもしっかり予約してある。まわりの人にきいたらルイスに行くと言われて一安心した模様。ここから今晩はニュートン・アボットに泊まり「バスカヴィル家の犬」の舞台へ、そのあとはペンザンスで二泊する。大きいトランクは二人ともホテルにおいてきたが、三泊四日なのでそれなりに荷物がある。駅で荷物をあずけたいと思ったがみつからず。

タクシーで目指す村へ。ここでおりたときに帰りの列車を再度チェックするべきだったが、すでにネットでチェックしてあるからと安心してそのままタクシーに乗る。

バージニア・ウルフの家をたずねる

バージニア・ウルフの家、モンク・ハウス（Monk House）はここからタクシーで一五分ほど行ったところ。見学は庭が一二時三〇分から家の中は一三時からというので、荷物を持ったままウルフが自らの命をたった川までとことこ歩いて行く。わたしの足が痛いのを気遣って荷物まで持ってもらい恐縮。わたしの遅い足で小一時間ほどで川の堤防にたどりつく。ここはもともと国立公園だ。山歩きのハイカーとすれ違う。牛や馬がにげないように道にはところどころに柵がつくられている。馬が毛布のような掛け物をかけてもらっていたので地元の方にたずねると、寒さ対策だと。

ウルフが命をたった川はさほど大きくはなく、濁流でもなくゆっくりと海に流れている。「今は干潮なので水はすくないよ」とは途中で犬の散歩をさせていた人の話。犬を泳がせてきたといい、犬はびしょぬれだった。

ウルフはいまでいう統合失調症をわずらっていて、とぎすまされた感性が崩れゆく自らの精神にたえられなかったというのが定説になっているようだ。この川で命を絶つとはなんとも哀れ。屋敷にもどり見学。ボランティアの人に支えられているようで毎日開館しているわけではない。説明をする人もなん

柵の向こうには馬。のどかな風景がつづく

台所で発見したテット・ビッツ（Tit Bit's）２冊。重ねられていて下のものはよく見えなかった

となく縁のあるの人だったりしていた。

台所のかたすみに「テット・ビッツ（Tit Bit's）」の雑誌が二冊あったのが目についた。上は見えるのだが重なっていて下のは見えない。触ることは許されないとのことで、残念ながら下の雑誌はカメラに収められなかった。

この「テット・ビッツ」という一八八一年創刊の薄い週刊誌はホームズの時代にもかなり流布していた。この雑誌を刊行していたのがジョージ・ニューンズ社で、「ホームズ物語」の最初に発表された長編「緋色の習作」「四つのサイン」を除く五八編がこの社から刊行されていた「ストランド・マガジン」に掲載されたといういきさつがある。ここもまんざらホームズに関連がないわけではない。

ダートムアの入り口、ニュートン・アボットへ

町のパブまで私の足で二〇分ほどだっただろうか。そこで休憩。タクシーを呼んでもらって駅に行くとエリカの乗り換え案内での行き方ではニュートン・アボットには行かれないと駅のおじさんはいう。親切にこちらの駅では乗り換え案内を打ちだしてくれたら値段までついていた。ここからニュートン・アボットまで片道七一ポンドとあったから一ポンド一六〇円換算で一一三六〇円。ブリットレイル・パスはかなりお得ということになる。

結局一度ブライトンまで行き、そこからクラハム・ジャンクションで乗り換え。クラハム・ジャンクション駅はロンドンの南の重要な駅でホームズの時代でも一日一二〇〇本の列車が往来していた。「ギリシャ語通訳」のメラスはこの駅から今朝わたしたちが乗ってきたヴィクトリア駅に向かっている。「海軍条約文書事件」のウオーキングからの列車、「白銀号事件」ではウインチェスターからこの駅を通

過している。

ここの乗り換え時間は短いわりに、ホームが多く目的のところを探すのは大変だったが何とか滑り込むことができた。一台乗り過ごすとニュートン・アボット到着が真夜中になってしまう。

ここからエクセターまで行き、さらに乗り換えてニュートン・アボットへは夜九時三〇分着。クイーンズ・ホテルは駅前にあり夜でも安心。かつて小林とここに来たときにはこのホテルからタクシーを呼んだことを思い出した。古い建物のまま内装だけきれいにしたホテルでエレベーターがないのが困りもの。

一〇時に近いのでホテルの三軒となりのコンビニらしきところでヨーグルト、ビールを購入。軽い夕食。

五月十九日

「バスカヴィル家の犬」の舞台へ

朝食に。昨夜ホテルの受付に No food take away とあり、ビデオのマークがあった。何のことかと思った。初めは部屋で食べるなということ？　と思ったが食堂に入って理解した。朝食のパンなどを持って帰るなという警告だったのだ。

まあ、持ち帰る人もいるのだろう。旅で食べそこなっても困るしと思うのだろう。以前にも持ち帰るのはいいけれどひとつひとつ値段が決まっていてそれを支払うというシステムのホテルがあると聞いたことがある。まあ、弁当のシステムと思えばありがたいがここは持ち帰るなというだけだった。

タクシーは一〇時から五時まで貸し切りにしてもらい、帰りはプリマス駅へとおねがいしてあった。この手配はエリカがしてくれて助かった。一日貸し切りで二〇〇ポンドの約束。日本円にすると三二〇〇〇円（一ポンド一六〇円換算）。高いような気もしたが一〇分、一五分乗れば一五ポンドのタクシー料金のことを思えば安かった。

一〇時一〇分前にフロントに行くとすでに運転手さんは着いていた。エリカが私に、今日はホームズのトレード・マークのディアストーカーをかぶるようにと。自分はロンドンでなくしてしまったのでわたしが予備に持参したツイードの帽子をかぶっている。この姿ですぐに依頼主だとわかったようだった。東京からコピーしてきたバスカの舞台となったというダートムアの地図を運転手に渡し、回ってほしいところを伝える。

小林とかつて探したブルック・マナーは南に位置しているので今日の行程では無理ということで今回はダートムアの比較的北の部分をまわってもらうことにした。まずはボヴィイ・トレーシーの駅（今は廃線になっている）を目指してもらう。

車のなかで「ダートムアってほんとうに危険なの？」とエリカが運転手さんに質問したら「危険なのは、道に迷うことと雨と霧」とこたえてくれた。「危険な動物はいないが、むしろ人のほうが危険、底なし沼はない」とのことだった。

迷った人のためには小さな避難小屋が数カ所用意されていて暖をとれるようになっているそうで、ドライブの途中でわたしたちも避難小屋となっている昔の教会跡の前を通過した。ダートムアという地域は自然公園になっていて、ハイカーがそれぞれのルートで山歩きを楽しめるようになっている。

「ムア」というのはどのような日本語にもあてはまらない、この地独特のものとは、かつて講演を聞きにいった英文学者で妖精研究で有名な井村君江さんのことば。沼沢地、沼などと訳されてはいるがどれもあたらないのだと。かつてこの地に住まれた方ならではの感覚なのだろう。

ボヴィイ・トレーシー駅はおそらくサー・ヘンリーとワトスン、モーティマー医師がロンドンから降りたった駅ではないかといわれている。物語では「小さな田舎の駅に止まった」としかなく、駅名はない。

シャーロック・ホームズの無責任

次にこのウディカムコンベに向かう。途中で自然公園の事務所にたちよる。まさにバスカヴィルの映画にも登場しているようなトアと呼ばれる石柱があり、丘には低木のヒースが繁っている。このヒースは「嵐が丘」などでも有名な野生の強い植物でエリカとも呼ばれる。様々な種類があるようで、日本では何回植えても枯れてしまうが、ここでは茶色の地面にはいつくように一面にしげっている。

物語の設定の村がどこかは特定されていないのだが、外灯もない真っ暗闇のなかを馬車を返してひとりで歩いて帰るようにサー・ヘンリーに指示を出したホームズは無謀としかいえない。おとり捜査で犯人をつかまえようという魂胆だったのだが、このホームズの行為はわたしから見れば無責任の極み。ちょうどホームズ・クラブの例会でもこの話が出て「あんなホームズの無責任があらわになった作品が名作だとか、人気投票第一位なんて、信じられない」というのが夕食の席を同じくした仲間たちの一致した意見だった。「バスカヴィル家の犬」の舞台を友達と車でとか、イベントで訪れたことのあるホームズ・クラブ会員のことば。この「バスカヴィル家の犬」に描かれている荒涼感は実際にこの地に身をお

廃線となっているボヴィイ・トレーシー駅

果てしない荒涼の地。これが「ムア」（東山（左）とエリカ）

結局、物語の舞台となった「グリンペン沼」は見つけられなかった。
写真はたまたま見つけた水たまり

かないと実感がわかない。

ウディカムは物語の舞台のひとつの候補地となっている。

以前小林と来たときにはここで地元の名産品のコーニッシュ・ペストリーを食べたことを思い出した。このあたりではパブでも駅の売店でもよくみかける食べ物で、パイ生地のなかに肉や刻んだ野菜が入っていたりする。中身はいろいろあるお店もあるが一種だけしかおいていないというところもある。パイの皮の中がピロシキの様な物というのがわたしの感想。小林と食べに行ったときは非常においしく感じたものだったが、翌日にパブでいただいたものは大したことはなかった。おいしい物に慣れたのか、体調だったのかは分からない。

ウィディカムでは村の教会の敷地内に入ってみる。教会の中まで入りたいと思ったら礼

ウィディカムの教会敷地で気だての良さそうな黒の大型犬を連れている夫婦に遭遇

ダートムアで見つけた「魔犬？ Jack」〔ドローイング・小林エリカ〕

拝中の札が。今日は日曜日だった。

黒のマスティフではないが黒の大型犬を連れているカップルに会い、写真を撮らせてもらう。エリカはダートムアの犬をなるべく多く写真を撮るのだと張り切っていて、三〇センチほどの子犬も写していた。そういえば子犬はサー・チャールズ・バスカヴィルの友人で主治医で事件の依頼人でもあったモーティマー先生が飼っていた。

次にモートン・ハムステットのマナーハウス・ホテルをめざす。マナーハウスの見学の前にこの町のパブで軽く昼食。ここはダートムアのハイキング客も多いとみえてランチボックスなるメニューもあった。私の頼んだものは厚さ一センチもあるようなチーズが三カケラもついた豪華版。食べきれないといったらホイルに丁寧に包んでくれ、ペンザンス行きの列車内で空腹を満たすのに役だった。

ご一緒にと運転手さんを誘ったがいいからと別行動。わたしたちが戻るのをタクシーの中で待っていてくれた。お食事はと聞いたらお茶を飲んだだけとのこと。いつ戻るかわからないのでゆっくりできなかったようで申し訳なかった。

バスカヴィル館のモデルのマナーハウス・ホテル

さて、いよいよバスカヴィル館のモデルの有力候補のモートン・ハムステットのマナーハウス・ホテルへ。ここは以前にも訪ねたことがある。道路からホテルまでのアプローチがタクシーでも四、五分ほどはかかろうかという広大な敷地に立っている。敷地内でゴルフも釣りも猟もできるという有名ホテルに変身していた。入り口にはボヴィイ・キャッスルとある。運転手さんの説明によると二〇年前にホテルがこの名称に変更し、アメリカでは有名なホテルだということだ。第一次世界大戦中には臨時の病院として使われていて、前にきたときにロビーに病人が並べられていた写真を見たといったらエリカが驚いていた。大きい建物が臨時の病院に使われたのも無理のないこと。

メリピット荘あと？

メリピット・ヒルにつれていってくれと言ったら一〇分ほど走ってあの二つの丘がそれだと。バスカヴィル館のあたらしい当主ヘンリー・バスカヴィルが夕食を招待されたというメリピット荘がここにあったとしたら、ムアを横切ったところにバスカヴィル館があるという話に合わなくもない。さらに地図にグリムズ・パウンドとあるので池かと思い、そこにつれて行ってと言うと pound は池ではなく沼のことだと。ならばステープルトンが犬を隠していた沼で最後に自らが沈んだ底なし沼にちがいないからそこに案内してくれと頼む。小一時間ほど、ほとんど車一台しか通れない細い道を走り、それなるものを探すが、現代の車につけられたナビにはあらわれない模様。あまり探し回っていると帰りに困るしと適当な廃屋の前で止めてもらいカメラに収める。これがメリピット荘跡？　結局沼らしきものも見つからず、雨期になるとここらあたりが沼になるのではないかという説明に納得することにした。何しろ広大なところだからしかたがない。

ポストヴィレッジからプリンスタウンへ

次にもういちど、バスカヴィル館のある村のモデルかもしれないというポストヴィレッジに向かう。ここはわたしは初めての訪問となる。ワトスン先生がホームズに電報を打ったという村の郵便局もある。その郵便局は英国の地方によくある食品などの日常品などを扱うよろずやを兼業している。横に川も流れていて、眼鏡橋になっていた。この景色はバスカヴィルのガイドブックで目にしたことがある。

セルデンが脱獄したというプリンスタウンの監獄の前も通過。車を止められないのでカメラの用意をしておいてねと。なぜ車をとめられないのか聞かずじまいだったが通りすぎるだけ。セルデンのころはこの地から採取される花崗岩の切り出しを囚人たちがおこなっていた。その石はロンドンまで運ばれ、ロンドンの町の礎石を築いた。国会議事堂もここから切り出した花崗岩が使われているという。それを運ぶために鉄道も敷かれていたというわけだ。

今はこの監獄は軽犯の人しか収監されていないそうだ。セルデンは殺人犯だったが、今はそういう重罪を犯した人は別のところに収監されているのだそう。プリンスタウンということばどおり、パブもあり小さな町となっている。監獄博物館もあるのだが、今回は見学せず。

モートン・ハムステットのマナーハウス・ホテル入口

遠くに見える二つの山がメリピット・ヒル

ビジター・センター見学

プリンスタウンでスコーンとお茶でゆっくりと思ったのだが、ビジター・センターの見学に四、五〇分を費してお茶はおあずけ。タクシーの運転手さんには一時間後に戻ってくると告げてでかける。ビジター・センターというので日本の高速道路にあるような観光バスのお休み所を想像していたら思いのほかこじんまりしていた。ここの売りはなんといっても「バスカヴィル家の犬」。入り口を入ったところの階段にはホームズの等身大の人形が、そしてそのうしろには黒の魔犬。そしてさらにそのうしろにはワトスンと思いきやドイルの人形がおかれている。

ホームズとワトスンまがいの姿で訪れたわたしたちにここの係の人がゲストブックにサインをしていけと勧めてくれた。このセンターの一番はじめの訪問者はチャールズ皇太子だと自慢げに一ページ目を開いてみせてくれた。

ここは昔はホテルだったところでコナン・ドイルがしばらく滞在していたことがあった。そのときに地元の人からこの土地に伝わる魔犬伝説をきいて、それをプロットに使って「バスカヴィル家の犬」を執筆したのだ。ホームズはライヘンバッハの滝で宿敵モリアーティと組み討ちのまま滝壺に落ちて死んだのだと当時の読者は思い込んでいた。

そこでこのバスカヴィルの事件はホームズが滝に転落した「最後の事件」よりも前に起こった事件だという設定でドイルは「ストランド・マガジン」に一九〇一年八月から一九〇二年四月まで九回連載している。

ポストヴィレッジを流れる川と眼鏡橋

エルデンが脱獄したというプリンスタウンの監獄

グリンペン沼はどこ

さらに、ここをでたところの教会の横をまっすぐいった行き止まりのところがグリンペン沼のモデルだとも教えてくれた。さきほど探しあぐねた沼だ。

歩いたら二〇分以上だけど車なら五分でいけるという。タクシーに戻りそこに案内してもらう。行き止まりのところからさらに五分ほど歩いたが沼らしきものはなかった。低いしめった土地がひろがっているだけだ。ビジターセンターでもとめたポストカードには確かに沼がうつっている。ここのことを教えてくれたのだろうが、今は乾期なのだろうか。

結局、沼らしきものをみたのは初めのトアのあたりで直径一メートルほど。これでダートムアの旅は終了。プリマスまで一走り。三〇分ほどだろうか。五時少しまわったところで駅に着。二〇〇ポンドは封筒に入れて用意しておいた。そのほかにチップ一〇ポンド。少なかったかな？　事前にネットでバスカヴィルのことも調べておいてくれたらしくプリントアウトしたものもくれた。また日本から来る人があったら紹介してねと。

すれ違いもできないような未舗装の道をレンタカーでまわるのは運転が上手な人でも大変だろう。また、沼をさがして走り回っているあいだに野中の一軒家のようなところにB&Bがあるのを二、三回みた。こういうところを予約したらたどりつくのは難しそうだが、泊まってみたいような気もした。

ペンザンスへ

さて、エクセターからペンザンスは乗り換えなしで一時間ほど。ホテルはエリカが予約してくれていた。二泊だから気持ちのいいところを選んだと、お値段も二人で二泊二〇〇ポンド。ホテルのブッキン

シャーロック・ホームズと記念撮影

ホームズの後にはドイル

黒いマスティフのブロンズ像がおでむかえ

グサイトで最高のポイントのホテルだとご自慢だった。駅についてタクシーに訊くと三分くらいだから歩いて行くように言われたとエリカの案内でホテルに向かう。どの町でも地図をみてたどりつけなかったことがないとの娘だが、なんだか雲行きがあやしい。荷物番をして待っていてとエリカが探しに行くが見つからない。

だれに聞いてもこの通りだというけど……と。もらっていた書類を引っ張り出して確認するとなんということはない、わたしが荷物番をして待っていたところがホテルだった。五部屋しかない民宿のようなとことで「うちは外に看板だしていないの」と。そうならそうではじめからそう言ってくれればいいのに。まあ、はじめから番地も見ておけっていうことでもある。

一歳ほどの子どもをかかえて夫婦だけの経営らしかった。すくなくともいままで泊まったどこのホテルよりも感じがいいことだけは確かだった。

夕食はホテルのおすすめのタイ料理のお店へ。感じもよく、おいしい。となりの席の女性二人連れと帰り際にお話をしたら、

「セント・アイビスに行ったらクリーム・ティーを食べるといいわよ。これが名物」と教えてくれた。いかにも典型的なイギリス女性。親切で愛想がいい。

なにかの拍子にお母様が昨年クリスマスに亡くなったというので、実は私の母も二年前のクリスマスに亡くなったというと、抱きしめてくれて、「お母さんはいつもわたしたちとともにいるのよね」と言われ、おもわず涙が。これも旅の醍醐味。

ホテルの室内はヴィクトリア朝。お風呂は別室で木の床におしゃれな猫足のバスタブがおかれていた。

五月二十日

セント・アイヴィスへ

いままでのどのホテルよりもおいしい朝ご飯。なぜか日本のご飯茶碗に小さなクロワッサンが。

まずは駅まで徒歩で。ゆっくり歩いても一〇分ほど。エリカはどの町でもリサイクルのお店をのぞき、気に行った服をさがしている。値頃でかわいらしいものが手に入るので旅の楽しみのひとつにしている。わたしのほうは服には興味なし。

道の途中でなにかどさっと物の落ちる音が。ふりかえると私の大事な腹巻きが。なんとしたことだ。わたしはスペインのバルセロナでひったくりにあったし、夫はスイス、チューリッヒ空港で置き引きに、娘はポルトガルで、別の娘はパリで財布をスラれた。そういえば私も財布を昨年のハノイでなくした！　たぶんスリだろう。というわけでいつでも海外旅行のときには腹巻きに現金、パスポート、それからクレジットカードまで入れているのだ。その腹巻きを落とすとはなんとしたこと。マジックテープでうしろで留めるタイプだったのだがなにかの拍子にマジックテープがはずれたのだろう。気がついてよかった。これ一式がないと旅もつづけられない。

エリカからは新しい腹巻きを購入するように言われたが、落ちてもズボンのなかという体制を維持しよう。

駅までのあいだにまたリサイクル・ショップがありエリカは店内散策。わたしは昨日閉まっていたインフォメーションへ。

明日行く予定の「悪魔の足」の舞台となったポルデュー湾が見下ろせる「クラカ・バラ」への行き方

をたずねる。小林といったときにはタクシーをペンザンスからとばしたが費用の点もあり、できれば最寄り駅まで公共交通機関を使いたい。ネットで調べてくれてバス利用が便利でその先からのタクシーを勧められる。

エリカと合流。ここから一〇時四五分発でセント・アイヴィスへ。列車で三〇分ほど。ペンザンスからの観光地をぐるっとひとまわりする乗り降り自由の三〇〇番バスで一日乗車券を購入しても行かれるが、わたしたちは鉄道の乗り放題チケットをもっているので列車で行く。駅を降り立つといかにも港町。すぐそこが海。ウルフが小説に描いたという灯台も遠くに見える。

タクシーでバージニア・ウルフの両親がすんでいたタラント・ハウスを見に行く。小高い丘の上で海がよく見渡せる。ここでウルフは幼いときを幸せにすごしたそうだが、母の死でその幸せも途切れた。今は長期滞在者用のペンションらしきものになっていて、人の気配は感じられたが中には入れない。庭師の男性がひとりでせっせと手入れをしていた。日本式でいえば二〇〇坪ほどもあるだろうか?これだけの庭をきれいに保つのは大変なことだろう。

「悪魔の足」事件の悲劇の舞台となった屋敷に住み込み、料理、家事をしていた年老いた住み込み使用人のポーター夫人は、陰惨な事件のあったこの家には一日たりともいられぬと、事件発見の午後には家族の住むセント・アイヴィスに出発するつもりだとホームズに語っていた。

イングランドの両端探訪

すてきなところに連れてきてもらった。そこから徒歩で下へくだる。ここにはロンドンのテート・ミュージアム分館、テート・セント・アイヴィスがあり、モダンアートの展示を行っている。しばし見学。

ミュージアムをでたところのレストランで昨日すすめられた「クリーム・ティー」を注文すると、スコーンにコーニッシュ・バタークリームがたっぷり添えれられたものと紅茶のセットがでてきた。美味。

次にペンザンスの半島を一周している三〇〇番バスで私が行きたいところのひとつだった「ランズ・エンド」へ。なんとなく最果てで行きたいなと、ホームズには関係はないが。エリカいわく、ランズ・エンドなんて何もないからちょと降りるだけでいいよと、いうことでトイレ休憩一三分にて同じバスで出発。たしかにトイレの他には何もないようなところだった。

エリカはポルトガルでもいわゆる最果ての「ランズ・エンド」に行ったけど何もなくて、しかも次のバスまで時間があって困ったのだという。バスの中で一緒になった人とせっかく来たからとそこで過ごしたとか。

なにもない最果てで人生をふりかえってみるのもいいかとは思ったが、バスに遅れないように急いでもどる。

次に目指すのはミナック・シアター。バス停留所のポースカーノで降りる。別の旅人がひとり降りたきり。シアターまでは登り坂で徒歩一五分ほどの距離。一緒に降りた方に今日の劇の切符持ってるのかと聞かれたが、わたしたちは持っていない。彼女は観劇が主目的のようだ。劇場に着くが、切符を購入した人しか劇場には入れない。さらに劇は夜の八時から。喫茶部もしまっているというではないか。しかたないのでショップだけ覗いてあきらめる。足が痛いからわざわざ階段をおりて劇場までいかなくていいわよ、と言ってはいたが入れないとなるとなんだか惜しい。

ほとんどの観劇客は自家用車で来るらしく大きな駐車場が完備されていた。ここまで来るバスも日に

パブで見つけたコーニッシュ・ペストリー。
パイ生地の中に肉や刻んだ野菜が入っている

数本はあるらしいが、観劇の時間帯にあわせているふうはなかった。劇場見学はあきらめ、下におりると町に一軒だけあるパブ。公民館もかねていて入り口部分は公共施設のようだった。奥がパブ部分。コーニッシュペストリーもあり二人で食した。

なにかさびれたパブだったが、暖炉のそばでバスの到着を待った。その間に同じバスで降りた、観劇をするという一人旅の女性もあらわれて夕食をとっていた。

私たちの乗るバスで韓国からの観光客らしき若い女性二人組がおりると三〇〇系統のバスは私たちの貸し切り状態。ペンザンスまで無事もどりホテルへ。食事に出直すと宿の奥さんのおすすめの二件目のお店はもうオーダーストップ。近くのパブレストランで軽い夕食。

床の上に猫足のバスタブなので、なんだか辺り一面に水が飛び散るのが気が引けるがシャワーカーテンもなしではいたしかたない。

五月二十一日　「悪魔の足」の舞台へ

以前は小林とペンザンスからタクシーで向かった「クラカ・バラ」へ。今回は路線バスで。昨日観光案内所のおじさんが検索してくれたので、まずはヘルストンの町へ。この町にある精神病院に、ランプに塗られた「悪魔の足」という毒薬で精神に異常をきたしたトリゲニス兄弟が運ばれた。精神病院には足をのばさなかったが小さな町。

「悪魔の足」事件に遭遇したときにホームズが転地静養のために滞在していたという、ポルデュ湾が見下ろせる「ポルデュ・コテッジ」、現在は「クラカ・バラ」と呼ばれている地にタクシーで向かう。ホームズとは無関係の人が住んでいてホテルでも民宿でもなかった。タクシーの運転手さんはこの建物の名前を告げるとわかったといって海岸に車を走らせてくれた。走ることほぼ二〇分で海岸線にでる。そこから小道を上ったところに目指す建物がある。

海岸にでると湾の向こうには大きな建物が。以前に来たときの記憶が鮮明に蘇る。今も老人ホームとして使われているそうだ。毎日海が見えていいなと思うのは一瞬で、あとは淋しいだろうなと。タクシーのおじさんが「うちの娘が私をここに入れる」と言っているんだと、本気とも冗談ともわからない言葉。

この老人ホームはかつてはヴィクトリアン・ホテル（Victorian Hotel）だったそうで、今はナショナ

湾の向こうに見えるのは旧ヴィクトリアン・ホテルの老人ホーム

ル・トラストの管理下にあるとか。

一九〇一年に大陸間無線を成功させたマルコーニはこの建物から発信したことで有名と。私はマルコーニは初耳だったが、エリカはよく知っているらしかった。ひとしきり写真をとっていよいよその「クラカ・バラ」へ。登ること五分ほどだろうか、一番高いところにあがった一軒家。こんなところだからホームズもワトスンを巻き添えに「悪魔の足」の毒薬を使った人体実験を試みたのだろうなと納得。住宅密集街では行えない。毒のランプを外へ放り投げたシーン、やっとのことで部屋から庭にでたシーンなど、グラナダTVのドラマも頭をよぎる。運転手さんに写真をとってもらったり、ひとときを過ごして町へもどる。メーターで五二・五ポンド。一時間あまりの旅だった。チップも込めて五五ポンドを渡そうとすると四〇ポンドにまけるというが、親切に感謝して五〇ポンドを渡す。エリカが「高かったよね」と。これ

ホームズが転地静養していたコテッジのモデル

これでクラカ・バラと読む。
コンウォー語で表記されている

を思うと、ダートムアの一日貸し切りは安かったと実感。

セント・マイケルズ・マウント

私の訪問希望地のセント・マイケルズ・マウントへ。初めの予定では一度ペンザンスにもどりタクシーで行き、帰りはバスでだった。ここを通る三〇〇番のバスは一時間に一本程度。ところがヘルストンに行くときもこのセント・マイケルズ・マウンドを通過したのだった。たしかに方向は一緒。行くときには島は引き潮でトラックがとおっていたのに帰りには満ち潮。

　バスをおりたところでとにかく休憩。ランチに入ったところが自然食レストランでなかなかのお味。量も多いが、お野菜中心だし、旅の間にはうれしい。店内にはホームズ時代を思わせるパッケージのクッキーなどもあり、お土産に購入。コンウオール地方の塩入りとか、バター入りとか魅力的。ただ旅のお土産は荷物になるのでたくさんは無理。

　今日のメインの目的は達したことだし、あとはのんびり。夕方パディントン行きの列車にのれば、この旅はめでたく終了だ。

　船着き場に行くと、八名そろったら出航という渡し船。一人片道二ポンド。島までは三五〇メートル。いまは完全に満ち潮。

　島は元修道院だが現在はナショナルトラスト管理下の島で宗教色はない。修道院跡を改修した城と庭園も見学できるがわたしたちは売店をのぞくにとどめた。また来ることもないだろうとは思ったが取り立ててこれと言ったものは見当たらなかったが小皿を一枚購入。小林が好きで、旅行の先々で買い集めていた。エリカは島のマグネットだかを購入していた。ここは、ピューリタン革命のときには王党派の要塞となったこともあったそうだ。そういえば「マスグレーブ家の儀式」ではマスグレーブ家の先祖のサー・ラルフ・マスグレーブが有名な王党派だった。犯人は代々受け継がれてきた儀式書の謎を努力して解き財産を盗み出した。それをホームズたちが沼から引きあげたら、イングランド王の古い王冠だった。

満ち潮時のセント・マイケルズ・マウンド

ここは一二世紀から一五世紀まではフランスのモンサンミッシェル修道院の管理のもとにあったとか。現在でもフランスのほうは離れ小島の修道院ということでカトリック教徒の巡礼の地となっている。

帰路も渡し船でもどる。帰りは反対の岸壁から出ますと、しっかり土産物屋の前を通らせる仕組みになっている。

帰りの渡し船もすぐに満員になり出港。行きと違う船着き場に到着。さて二時四四分のペンザンス行きのバスに間に合うかと心配して振り向くとバスが近づきつつある。来るときには止まらなかったがバス停があり、無事に乗車。これでペンザンス駅には余裕で着くことができる。

駅からタクシーで宿泊先へ。ホテルでは荷物を預かってくれていて、入り口の鍵も貸してくれた。荷物をとったら鍵は置いて帰ってねと。親切でゆきとどいた宿だった。待たせていたタクシーに荷物をのせて、ふたたび駅へ。往復一〇分たらずで七ポンド+チップ一ポンド。

このタクシー運転手さんはひとなつこく、観光バスの運転手をしていたがタクシー運転手になったのだとか。現在六七歳。六〇歳のときにデーティングサイトで中国に住む女性と結婚したと自慢する。登録して六ヶ月でゴールインしたという。その前向きの姿勢に感動。中国には何回も行ったことがあると。

ロンドンへ戻る

あとは駅で列車をのんびり待ち、乗り換えなしで一路パディントン駅へ。七時間の旅。列車では映画も見られるシステムがそなわっていて、イヤホンは持参していないとだめだが、長旅対応なのだろう。列車内には売店もあり、飲みものや何がしかの食べ物も販売していた。わたしは水、エリカはコーヒーをもとめた。宿でいただいたクッキーなどでちょっとくつろぐ。

定刻二一時二〇分に駅着。駅前のホテルは便利。荷物も預かってくれていたし、いろいろ便宜も図ってくれてありがたかったが、相変わらずエレベーターは直る気配は感じられない。いや直す気配はないというべきだろうか。

ただ、ホテルのフロントのお兄さんはアフリカの出身と言っていたが非常に親切。足が痛いと言ってあったので、客の切れ目にさっと大きな荷物を二階まであげてくれる。本来はそういうサービスはしないはずなのに。

「あなたは大変親切ですね」というと「一人一人が人に親切にしなければ世界はよくならないから」と立派な返答。おそれいった。チップを渡すと仕事だからいらないと固辞する。それでもというとやっと受け取ってくれた。ひとりひとりが人に親切にすることを心がければ世界はよくなるのにと、心底思った。

私にとってはロンドン最後の夜。名残は惜しいが。近くの中華レストランに行く。ラーメンもどきに餃子もどき、どれもいまひとつ。韓国料理にすればよかったねと話す。

五月二十二日

エリカはもう一泊ロンドンにいて明日の午前便で帰国。わたしは今日の夕刻の便で帰国。三時過ぎにパディントンからヒースロー・エクスプレスに乗れば余裕。

午前中はエリカが依頼されたという取材におつきあい。まずは駅構内でディアストーカーを被っているところを撮影。文具を購入して駅近くのノーフォーク・スクエアでもまた写真を撮っていると、「あなたはシャーロキアンか」とおばさんが声を掛けてくる。「SHERLOCK」の大ファンで、ホームズ役のベネディクト・カンバーバッチの追っかけでスウェーデンからきたとか。携帯を見せて、ユーチューブにのっているカンバーバッチのものを一つ見せてくれた。携帯には一〇〇は入っている様子だった。スピーディズには今日行くのだとか。先日行ったら閉まっていたと言うと、昨日まで撮影に使っていたからよと、情報収集にも余念がないようだった。

そこからまたバスにのってベイカー街へ。エリカの取材のお供。どこかでイギリス人に「ペンは持っているか？　持っていたら見せて」という取材をしたいのだとか。ディアストーカー姿でがんばっている。ペンの取材ならマリバン図書館前がいいのではといって図書館前で数人にインタビューをして写真もなんとか撮る。そこへなんとロンドン・シャーロック・ホームズ会の重鎮で、マリバン図書館ホームズ・コレクションの司書のキャサリン・クックさんが通りがかる。思わぬことで、お互いにビックリ。今から二時まで会議ということで残念ながらここでお別れ。

ランチはエリカのおすすめのレストラン、セント・ジョンで。セント・バーソロミュー病院近く。帰りにもう一度寄ってプレートを見学と思ったがレストランを出たところがデザインショーの会場。急遽見学。無事パディントン駅に地下鉄でもどり、あとは空港までヒースロー・エクスプレスに乗るだけ。心配して駅まで送ってくれてあとはお互いにひとり旅に。

すっかり大人になったエリカとの二人旅、なかなか楽しかった。カナダにはじまり、エストニア、フランス、ニューヨーク、ポルトガルと各地のアーティスト・レジデンスに過ごしてひとまわりも二回りも大人になっていて、この雄姿、小林に見せたかった。

帰りはあっという間に成田。一月のニューヨーク経由のロンドン帰国が大変だったことを思い起こしもした。

第5章　スイス・ダボスでセミナー参加

（二〇一四年、ダボス、ローザンヌの旅）

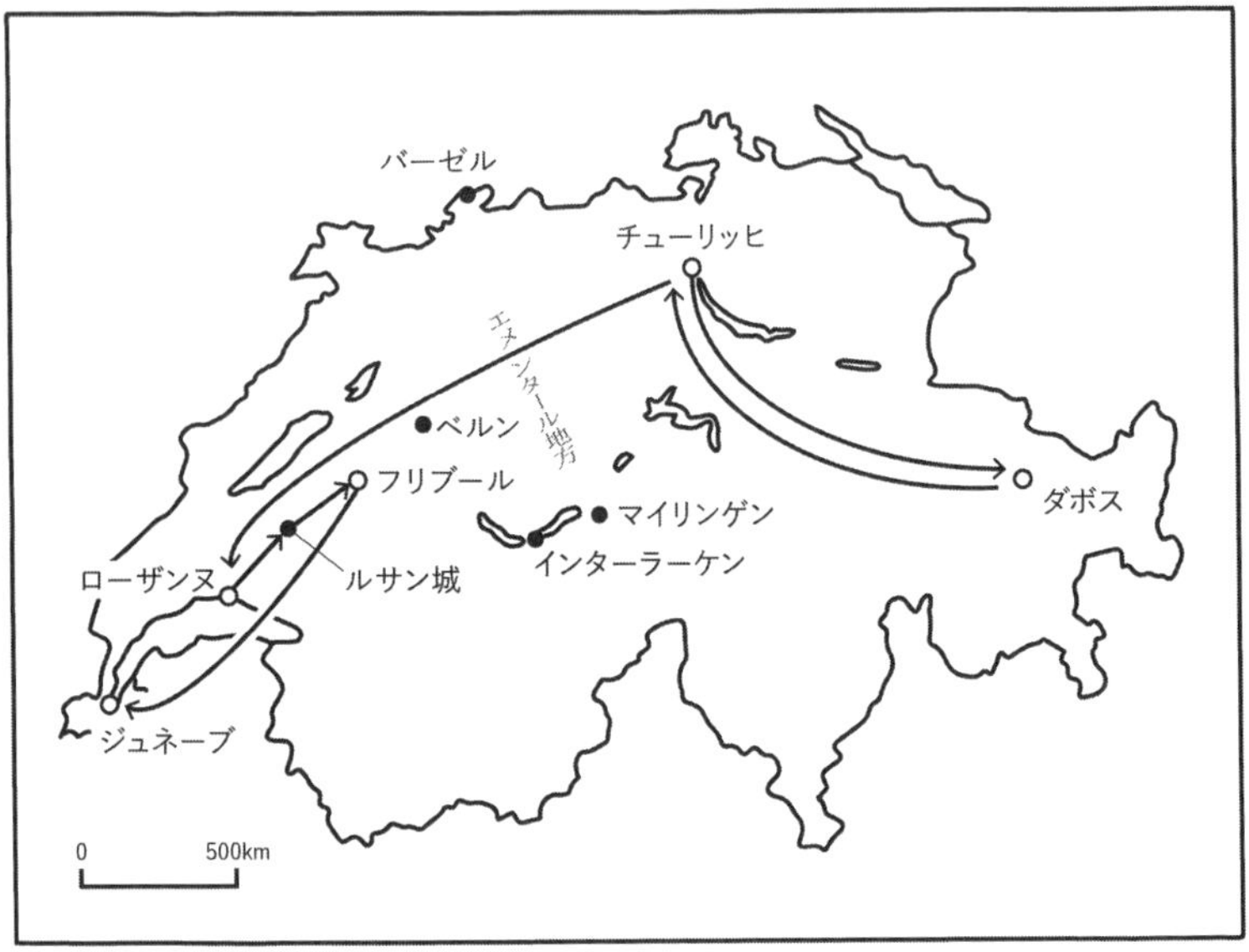

（注）本章の写真は、キャプションのうしろに（E）とあるものは遠藤尚彦さん、記載のないものは中島ひろ子さんの提供になる。

スイス・ダボスへの旅

二〇一四年九月二十三日

今回はスイスのダボスでのシャーロキアンの集まり。スイス・ツアーで懇意になったマルコス君とメア君のスイス在住組二人が企画した。案内メールが来たときに、開催地のホテルの美しさに思わず参加を決めた。

今回はスイスのこと、ダボスのことならなんでも知っているホームズ・クラブの遠藤尚彦さんがダボスまでの案内も引き受けてくださっているので心丈夫だ。旅の達人の志垣由美子さんも一緒。スイス・ツアーでご一緒してくださった中島ひろ子さん、ＢＳＩの会員歴も長く海外のシャーロキアンとの交流もたくさんある日暮雅通さんとは明日からの合流になる。

九月二十四日

偶然の再会

七時一五分のバスで成田空港第一ターミナルへ。エリカの小学校時代の同級生のお母様Hさんにばったり会う。お嬢様と一緒になんと私と同じ飛行機でスイスへとのこと。

神様の引き合わせに感謝した。脳梗塞を起こされたそうで杖をついておられたが、少しの後遺症ですんでよかった。私とほぼ同じ年、すっかり細身に変身。闘病が大変でしたでしょう。

八時一五分に志垣さんと合流。換金も済ませているのでチェックイン。

出発ゲートで遠藤さんと合流。もう一度Hさんとお嬢様のTちゃんとお話する。発症して一年もたたないけれどリハビリをかねての旅行だと。Tちゃんは看護師さんだし安心。北海道で病児の関連施設で働いていると聞いていたが、たくましく日焼けしている。山に子どもたちを連れていくというような仕事をしているのだそう。

機内はほぼ満席。機内の楽しみの映画。「SHERLOCK」はないかとチェックしたがなし。ハリー・ポッターをみたが英語でさっぱりわからないうちに眠りの世界へ。

チューリッヒの手前ですごい眠け。今は日本の夜。

チューリッヒ空港からダボスのホテルへ無事着

ここからは旅のベテランの遠藤さんのガイドのもとでまずは空港駅で切符の購入。すべてのチケットが半額になるというハーフプライス・パスを購入するか迷ったが、たいした移動もないので、その都度の購入にする。

ダボス・プラッツまで五八スイス・フラン。だいたいダボス・プラッツの他にもダボス・ドルフだとかダボスなんだとか、いろいろ付いている駅がありすぎ。昔、小林とマイリンゲンのあとにダボスに来たときにも違う駅でおりてしまって、慌てていたことが懐かしい。

空港駅からチューリッヒ駅まで一〇分ひと駅。切符を買うと乗り換え案内のような紙をくれた。発着ホームまで記載されていて実に親切。日本にはこういうサービスはない。

次は空港駅からLandquat駅まで。ここには定刻より二、三分の遅れで到着。アナウンスはさかんに「ダボス○△※◎」といっている。おそらくダボス行きはXX線ホーム。お乗り換えのかたはお急ぎくださいと言ったのだろう。私たちは大きな航空鞄を持っているし、列車の乗り降りには段差あるし、私は足が痛いし…とさまざまに重なって一番最後尾で予定のホームにたどりつくと発車した列車の後ろ姿が。

待っていてくれないのだ。乗り継ぎ列車が遅れると日本では待ってくれたりするが。他にも乗り遅れ組が二、三人いたようだ。次の列車を案内版で遠藤さんが素速くチェック。三〇分ほどで次の列車が来ることが判明。

結局予定より三〇分遅れでダボス・プラッツ着。ホテルも遠藤さんおすすめの駅前の四つ星グリッシャ（Grischa）ホテルへ。みなさん一三〇スイス・フランなのだが、私はうっかり日程を間違えて予約して、つい先日予約変更したのでなぜか一五〇スイス・フラン。よくみると私のは朝食つき。他の二人は記載なし。でも聞いたら全員ついているとのことだった。

ウエルカムドリンクまで出てスイスのホスピタリティを感じた。

私の部屋はなんとホームズの住む番地と同じ221。人生の初体験だった。いままでの旅でホテルにおそらくは三〇〇泊はしただろうけどこの部屋番号にあたったことはなかった。

Wi-Fi の暗証番号をもらって iPhone のほうにいれたら、iPad には入れられない。一人一台の設定とのこと。大抵のところは部屋の設定で何人でもできるけど、それだけセキュリティが堅いのかもしれない。

ホテルのアメニティもおしゃれで、ついもらってしまう。

九月二十五日

まずはダボスの町を散策

すてきなホテルで、朝は妙に早くから目覚める。気持ちのよいホテルだから、成田のホテルからもらってきた入浴剤をいれて朝風呂。

朝食にサラダバーがないのは不満だがチーズ、ハム、フルーツはふんだん。ニシンのような魚を少し食したらなんだかもたれて昼まで胃の中にあるようだった。

帰りぎわにフロントで水をさしあげますと言われる。このホテルは旅人に親切。

遠藤さんのガイドのもとにダボス探索へ。「ダボス」会議なる名前も有名で、この町の国際会議場で開催される。

町に出て、ホテルから山頂のホテルまでのフニクラの乗り口までの経路も確認。スイス・ツアーの時にさしあげると約束していた日本のホームズ像のレプリカが重い。銅で出来ている。一九九八年に日本でホームズ像を長野県軽井沢町の信濃追分に建立したとき多額の寄付をした人だけが受け取ることができた貴重品。小林と私と二人で一体ずつ持っていたので、世界のホームズ像コレクターというメア君にさしあげる約束で持参した。

今朝、壊れてしまった爪切りを購入。たいした品でもないのに九・八スイス・フラン。結構な物価高。

医学博物館前で外にむけて置いてある顕微鏡などをカメラに収める。遠藤さんは入館したい様子だが、開館は夜間、八人で二〇スイス・フランとか。予約もいるようだしと、決めかねていた。

町を歩いていたらカトリック教会がある。スイスはカルバン以来のプロテスタント国だが立派な教会。

中に入ってみたかったが鍵が閉まっていた。プロテスタント国のカトリック教会はどういうものなのだろうか。フランスはカトリック国で、プロテスタント教会は見なかったような気がするが。

そこからホテル・ベルベデーレ前を通過。小林と一九八八年に来たときのホテルはここかと思ったが、何か違う。最近改装して、星ひとつを付け加えて五つ星。加えた星の大きさが若干違っているのがご愛敬。

そこから山道を登り、ドイルやスティーブンソンが泊まったという記念プレートのあるヴィラ・アムシュタインへ。

「ここにドイルが泊まった記録についての研究が最近されている」と遠藤さんのお話。今日の午後にもう一度地元の研究者と資料館で会い確認するとのこと。すでにスイスのシャーロキアンが夏にここを訪れてその確認作業をしているとのメールを遠藤さんは受け取っていた。

そのスイスのシャーロキアンというのがメアさんで（私はどうしてもメア君とよびたくなる！）、一九八八年スイスのマイリンゲンのホームズ像の除幕式のときに高校生だった。しかも彼はホームズ像のどこかに隠されている六〇の事件のすべてのキーワードを探し出し、表彰されて、記念にマイリンゲンホームズ像のレプリカを贈られたのだった。

そしてずっとあとの二〇一二年にニューヨークのＢＳＩに私が出席したときに彼も出席していた。昔の面影があり、確認したら間違いない。当時の高校生はいまやアメリカに本拠地を置く弁護士になっていた。

そして彼とは二〇一二年のホームズ巡礼ツアーでまた再会。今度はベルン在住。インターラーケンからの参加だった。旅のあいだにホームズ像に話が及び、世界のホームズ像を集めていると知った。日本の像もぜひコレクションに加えたいということになり、今回持参した。ちなみにマイリンゲンでの謎解きの賞品というのがマイリンゲンのホームズ像のレプリカで、箱もなくむき出しのまま授与され、持ち帰るのが大変だったと。それで日本からは箱に入れ持っていくからと約束していた。

ドイルの滞在先へ

そのメア君がこの調査の成果を今回のセミナーで発表するのだとか。

「このプレートははずされてしまうかも」とか、「ドイルのところだけガムテープ貼られてしまうかも」とか、「いやいや、そのままだまって飾っておくだろう」とか、三人で語りつつみなでプレートの前でそれぞれに記念写真におさまる。

誰がつけたプレートなのか。英国のような歴史史跡プレートとも違うようにも思えるし、単に建物の持ち主がつけたのならそのまま保存されるだろう。

そこからさらに上ったところがヴァルト・ホテル・ダボス（Wald Hotel Davos）。ホテルの外観となかの様子を写した写真をみて、小林と泊まったホテルはここだったと再確認。当時、東京のスイス政府観光局にお願いして、ドイルの泊まったホテルに宿泊したいと手配してもらったのだった。

そこは素敵なホテルで客は思い思いに暖炉の前で読書していて、せかせかと旅をしている私たちとは対照的だった。このホテルもかつては医師つきの結核療養所で、見学用に当時の病室が残されている。

小林と来たときには、すぐにダボスの観光局を訪ねて、一九六八年の第一回のロンドン・ホームズ会主催のスイスツアーの折、旅のリーダーのクンツさんらが写っている白黒写真をいただいたことなどを

1894年、コナン・ドイルがダボスからアローザまでスキーで下り、
この地にスキーがもたらされたことを記念する石碑（E）

思い起こした。このツアーの時に、ドイルがこの地にスキーをひろめたことを記念して大きな天然石の上にはめこんだプレートの除幕を行っている。

　昔の写真をひっくりかえして、一度ながめ返したことがあったが、記憶のほうはまったく途絶えてしまっていた。今回もう一度カメラに納める。

　ベルベデーレ・ホテル前に新しくできたKirchner Museumも訪れる。入館料はダボス・カードでも割引にならず、一人一二スイス・フラン。私の顔をみて六五歳以上はシニア料金ですと言ってくれたが、それって？　他の人は言われなかったことにやや不満。

　キルヒナーは一八八〇年ドイツの生まれの画家。一九一七年から三八年になくなるまでダボスに滞在していた。三八年ヒットラーの暗雲ただようなか、政局にも人生にも希望を失い自死した。この平和の国にあっても祖国の現状にこのような反応を示した人がいたことは衝撃だった。

この言葉の陰にはもっと複雑な背景があるのだろう。人の心は測り知れない。

あとは宿泊したホテルで荷物をひろってダボス・カードという、この地のホテルに宿泊した人に支給される市内のバスやフニクラの無料パスを使ってバスで二駅。フニクラの登り口まで行く。

山頂のセミナー会場のホテルに到着

フニクラはわずか五分ほどで山頂へ。山頂の高級リゾートホテル・シャッツァルプ（Shatzalp）が今回のセミナーの会場でもある。

一泊二食付き二二〇スイス・フラン（約二五〇〇〇円）。日本のちょっとした二食付き高級旅館並みまあ。日本での旅はひとりだし、もっぱらビジネス・ホテルでこのような高級ホテルには縁がない。今回はセミナー会場ということで奮発して志垣さんと前のり。

フニクラは降りたところが階段で荷物をあげるのに苦労していたら駅の人がきたので助けてもらう。ホテルの入り口も階段があるし。バリアフリーとは程遠かったがチェックイン。

とにかく休憩。テラスにイスとテーブルと寝椅子が二脚。

かつてダボスのホテルで、いつかこういうホテルでのんびり過ごす旅がしたいと思い描いた。その時間が持てる幸せをかみしめる。

テラスからは下のダボスの町、そして山々がつらなる美しい景色。ふとここも結核療養所だったのではと思い、ホテルのパンフレットをみるとまさにそのとおり。

フニクラ。車体前面にはシャッツァルプ
と書かれている。ふもとの街が遠い

会場となったリゾートホテル、シャッツアルプ

上から順に、スティーブンソン、コナン・ドイル、トーマス・マンの名が並ぶ

一九〇〇年創業。二〇〇八年には歴史的ホテルとして認定されているとのことだった。

一八九八年にアールヌーボー様式でOtto Pflegharď と Max Haefeli という二人のチューリッヒから来た青年建築家により建設が開始され一九〇〇年に完成。一九〇〇年十二月二十一日から高級結核療養所としてまた健康のための保養所としてヨーロッパからの患者に門戸を開いた、とホテルの案内にあった。

一九五四年に結核療養所からホテルへと完全に移行したが建物のデザインは変更していないそうだ。どの部屋にも日光浴用のテラスがしつらえられていて、ダボスのどこよりも長く毎日二時間以上は陽が差すようになっているそう。

たしかに標高一八〇〇メートル、フニクラで上るような高台にあるのだから日光を遮るものはない。ここで静養と日光浴で患者はかなりの改善をしただろうと思われる。

さらに、このホテルでは「奇跡の水」があるのだ。「Magic Mountain Water」と呼ばれるもので、「ここの水こそお土産に最高」とホテルガイドにあった。

新鮮な空気、日光浴、そして「奇跡の水」により回復に導かれる。当時不治の病とされていた結核の患者は多かった。

ただし、ここで療養できる人はごく限られた裕福な層だったことに間違いない。現在でも一泊二食付き二二〇スイス・フラン。これが三食、医療付きともなれば費用はさらにかさむことは想像にかたくない。

帰国してからトーマス・マンの「魔の山」を読んだらこのホテルが登場。「冬、雪にとざされているときには亡くなった人の遺体はソリでおろす…」というようなことが書かれていた。読まないで行ってよかった。

九月二十六日
セミナー一日目

七時三〇分朝食に降りていく。食堂には先客が一人だけ。

紅茶用に銀器のサモワールもどきが置かれている。マイボトルにお茶のお湯がほしいので頼むとそこから汲んでくれた。

スイスの健康食品の「ミューズリー」ももちろんある。野菜は昨日のホテルでも今日もキュウリとトマトくらいしか出ていないのが不思議。卵料理は目玉焼き、スクランブルのほかに自分の好みに時間にゆであがるゆで卵の機械がおいてある。前にチューリッヒのホテルでもみた。沸騰した湯が用意されていて、網の中に卵をいれて好みの時間にタイマーが鳴ったら引き上げるというシステム。日本ではみない。

パンのバラエティもあるが好みのジャムのボトルを押すと好みの分量がでてくるシステムも初めてみた。普通は小さなプラスティックケースに入っているが、こちらのほうが無駄がない。

療養所時代にはどうだったのだろうか。食生活はいまよりずっと貧しかっただろう。ただし、乳製品は豊かだったろうから新鮮な乳製品で栄養が行き渡れば、一層回復もうながされたに違いない。

九時すぎに後発隊がフニクラで到着。エール・フランスのストにあい、急遽航空会社が変更になりそれに伴い乗り継ぎも変わったとかで、真夜中チューリッヒ着、駅近くで一晩をあかし、朝一番の列車でダボスに到着したとのこと。駅まで遠藤さんが迎えにでて、フニクラまで送ってもらい無事ホテルにたどり着いたそう。

長旅お疲れ様。幸いお部屋に入れて休息もとれてなにより。

わたしたちはフニクラで下り、ダボスの町の散策にでかける。フニクラで上って来る人たちは親子連れだったり、ハイカーだったり。みなさらに上に歩いていく。山を越えてのハイキングだろうか。とにかくスイスはどこも標識も整っているし、もともと山歩きを趣味にする人が多い。幼い頃から家族でハイキングを楽しむ習慣があれば当然大人になってもその習慣がつづき子どもへと引き継がれていくのだろう。

譲れない宗教の違い

下まで降りて昨日入れなかった町の教会に行ってみるが扉は堅くとざされている。礼拝時間帯にしか開けないのだろうか。ここは福音派らしい。昨日とおりすがったのは福音改革派。どういう違いなのかはわたしにはわからないが、この小さい町に五つの教会があり、それぞれに派が違うという。これもまた宗教のむずかしさなのだろう。

人はそれぞれに考えかたが違うし、それが宗教となれば絶対に譲れないということなのだろう。もともとスイスは宗教改革のカルバン派の発祥の地でもあり、それだけにこの違いが譲れないということなのだろう。

私は「主にあって一つ」のエキュメニカル主義。宗教と言語はもっとも人が譲りあえない点なのだと思う。この点に着目して宗教を超えた人類の融和を提唱し、言葉の壁をとりのぞくため国際共通語エスペラントを創り出したザメンホフの偉大さと先見性にあらためて感動する。

そのエスペラントが百年の時を経て、遠く極東の地の日本にいる私の生き方に大きな影響を与えている。エスペラントの創始者のザメンホフとドイルは奇しくも同じ一八五九年生まれ、エスペラントの発表された一八八七年に「緋色の習作」も発表されているのだ。

ウインターミュージアムへ

町ブラの後、再びフニクラでホテルへ。

昼頃に日本からの参加者でそろって昼食。参加者も三々五々集まってくる。懐かしい人の顔もあるが、それ以上の交流はない。みなそれぞれに自分の国からの参加者と一緒。

二時ロビー集合ということで、マルコス君から簡単なあいさつ。点呼をとるわけでもなくぞろぞろとフニクラへ。名札をつけることもしない。今回は日本からは五名の参加でわたしたちも一団をつくっている。

まずはドイルがスキーをノルウェーからもってきてダボスで広めたことにちなんだウインター・ミュージアムへ。

スキーなどの歴史がたどれる。ここにはドイルが女子トボガン競技のために寄贈したという記念杯が飾られているのが目玉。

その杯というのがやたら大きくてこれ以上薄くできないというほど薄くなっていて菊の花びらのよう

ドイルが寄贈した記念杯

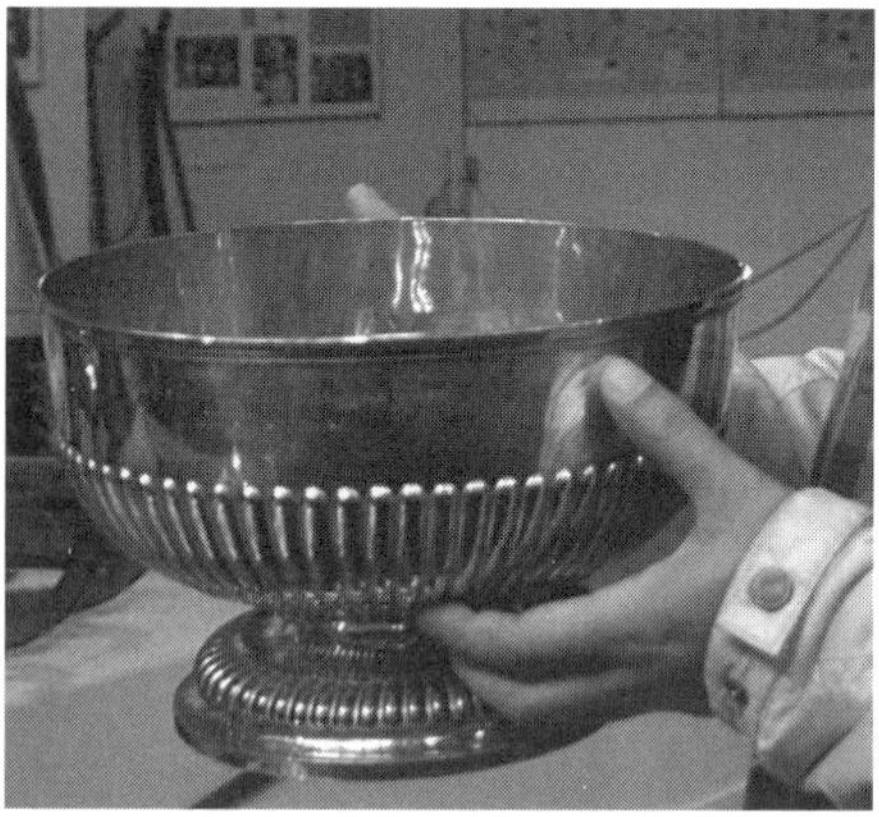

手にとってみると、この大きさ

ライヘンバッハ・イレギュラーズの皆様歓迎の案内板

なものがあしらってあるものだった。

普通のカップより大きいのはいいが、同じ費用なら見栄えの大きい方がいいと思ったのだろうか。

ドイルの妻の結核療養先
ホテル・ベルベデーレ

次はフニクラ駅の前の道からバスで三駅目のホテル・ベルベデーレ前で下車。

ここが、ドイルが妻のルイーズの療養のために、妹ロティと宿泊したホテルである。二〇一五年に一五〇周年記念をむかえる老舗。ホテルの人のあいさつのあとホテルのすみずみまでくまなく案内してもらった後にお茶。

フニクラで登って夜はラクレット・パーティ。日本人だけでテーブルを囲む。想像していたものとは違い、テーブルごとに厚さ十センチほどの板チーズの固りを特別の機械で順次溶かしてジャガイモに塗って食べるというもの。

関西のたこ焼き器が関西の各家庭にあるように、これもスイスの家庭には皆これを備え付けてあるような気がする。

前菜はグリーン・サラダ。こちらに来てからは野菜不足だったのでうれしかった。

さらに夜はX Ray Barでの語らいもあった。バーの名前がレントゲン・バーとはなんとも療養所色の強い命名だ。

九月二十七日

セミナー内容は充実

午前中はスイスの今回の企画者のマルコス君、メア君の二人の講演につづきアメリカからのBSIの重鎮ピーター・ブラウさん、同じくアメリカからのレレンバークさんの講演。

ピーターさんはコナン・ドイルの息子のエイドリアンが住まいとしていたルサン城内のシャーロック・ホームズ博物館を訪問したことなどを話された。ルサン城内にあったシャーロック・ホームズ博物館を移転させて現在その管理を引き受けているヴィンセント・ディレイも現在のホームズ博物館について話してくれた。

レレンバークさんは日暮雅通さんによる邦訳も出た『コナン・ドイル書簡集』（東洋書林、二〇一二年）の原著者でドイル財団のアメリカにおける代理人も務めるドイル研究家。二〇一三年春にはホームズ・クラブの大会、セミナーにもおいでいただいた。日本のときには参加者にもわかるように通訳もあ

スイス・ルサンのホームズの部屋についてレクチャーする
ヴィンセント・ディレイさん

ったし、画像もあってありがたかったが、スイスでは通訳はなし。今回はわかる単語をつなぎ合わせて自分でストーリーを組み立てるという無謀。

日本からの参加者女性三名は関矢悦子さん手づくりのホームズのシルエットを編み込んだセーターを着用して参加。記念写真を撮られる側に。

私たち日本人組のうち四人はフニクラで町へ。遠藤さんは到着の日のホテルが寒くて風邪気味で喉が痛いということでしばらく部屋で休養。ダボスにある教会五つのうちまだ訪れていない教会に行ってみたが使われている様子はない。隣接というか併設というか、大きな建物も人の気配はなく、いずれホテルになるような張り紙がある。

その近くのお店でランチ。イタリアン・レストランらしい。ピザ、サラダ、おつまみセットのようなプレートとビール。一人二〇スイス・フラン程度。ちょっとした食事は二〇〇〇円から三〇〇〇円くらいということのようだ。

公園をぬけて文学散歩

町の図書館前に二時三〇分集合。中に入るのかと思ったら、そのまま外へ出かけての文学散歩。ドイルが散歩したであろう広い公園をぬけて、すでに予習済みのドイルがスキーを伝えたことを示す記念碑、そこを通り越してまた道路にあがり当時の結核療養者の実情など、ダボスの郷土資料館の館長から話をきく。

結局のところは結核療養に来た人の半数はこの町で死亡した。不治の病だったのだから仕方のないこと。

亡くなると部屋のカーテンからシーツなどまでも焼却し、その費用も患者家族の負担だったとか。また火葬する遺体もあったそうだが、この町で火葬はできなくて他の町でとか言っていた。

患者は一日三食どころか七食くらいも食べていた。そしてテラスで毛布にくるまって横になっていた。せつない光景だ。

結核の治療として手術法ができ、ここに療養に来る人が減り、さらに治療薬ができると結核療養所（サナトリウム）だったところは一般のホテルに営業を切り替えた。ダボスはもともとサナトリウムとウインター・スポーツの両方に重きを置いていたのがよかったということのようだ。日本では堀辰雄などが療養した富士見高原療養所がよく知られている。

いろいろの説明のあとで老紳士がダボスの鉄道事情についても披露してくれた。わたしたちが乗り換

集合場所となった町の図書館（E）

えに失敗したランドコートまでしか当初鉄道が敷かれておらず、ダボスに病人がくるのは非常に難儀だった。

　それが鉄道が開通して便利になった。つまり、鉄道の敷設と大規模サナトリウム施設の開設をセットにした町おこしが行われたというわけなのだ。

　ダボスの療養効果が知られるようになると、ドイツからも患者が来た。トーマス・マンの妻もヴァンデル・ホテル・ダボスで療養している。

　イギリスからの療養者の多い地区がホテル・ベルベデーレの一帯で、そこには英国教会もあるし、英国の社交界も展開していた。ドイルの妻のルイーズも結核を患っていて、メイドを連れてここに滞在し療養している。

　一行はここで解散。

ヴィラ・アムシュタインにはドイルは滞在していなかった

日本組は遠藤さんの案内でヴィラ・アムシュタインのドイルが滞在していたことが記されている記念プレートまで再び足を延ばす。

そこにはスティーブンソン、トーマス・マンと並んでドイルの名前も記されている。

実際はここにドイルが滞在していた記録はないということが判明したそうだ。遠藤さんも調べていたのだが八月末にベルンから今回のセミナーの主催の一人でもあるメアさんがすでにその事実を確認して行ったとのことで、少々先をこされて遠藤さんはがっかりだった。

「この誤解のもとは一九三〇年代の記事にあるのだ」と突き止めた遠藤さんはすでに探偵の域に達している。ダボスではドイルはどこに滞在していたのかは当然のことながら全て調査済み。それにしても、「ホームズ物語」の著者が「ダボスのどこで滞在していたとか、いないとか」でこれだけ熱くなれるというのもまたシャーロキアンならではの楽しみというものだ。

ホームズ仲間どうしの結婚

夕食はマルコス君の隣だった。長い長距離恋愛の末に、九一年のスイス・ツアーで牛の着ぐるみの中に入りカウダンスをしていたヘレンと来年（二〇一五年）の五月に結婚するのだと自分から話してくれた。よほど嬉しいのだろう。それにしても長いおつきあいの末のゴールインおめでとう。

前に座ったスイスのジュネーブから来たケリーはマルコス君とワシントンDCのときの仕事仲間。属する機関は違うが政府間の難民などの調整の仕事をしている。

ホームズ好きだからとマルコス君に誘われたので来たのだそう。ケンブリッジに留学経験もあるエリート、アメリカ人女性。

その彼女が後ろに座っているドイツ人女性と英国人男性が二〇一二年のスイス・ツアーで知り合って結婚したとのだと教えてくれた。なんだか今回はいつも二人でいるなと思ったら…。

ディナーのあとで「おめでとう」と言いにいくと、三ヶ月前に結婚してバーゼルに住んでいると。「男性は七〇歳以上で妻をなくして子ども二人、女性は未婚だったのよ」とまでケリーは教えてくれた。とにかくおめでとう！

マルコス君に帰りにジュネーブに寄るといったらお茶しようと誘われる。ヘレンもいるからと。二人の長距離恋愛の詳細は知らないが、二年間のうちに仕事を探してマルコス君がロンドンに行くのだと。彼は赤十字勤務。英語、ドイツ語、たぶんフランス語も読んで、書けての人材ならば赤十字でなくともいい仕事があるに違いない。

九月二十八日

セミナー最終日、朝もレクチャー三つ

セミナー三日目、あっという間の三日間だった。朝チェックアウトに日本人組そろって行く。

支払いはみなさんカードなのだが、トータルの金額にチップを入れたければその金額を書き加えてから暗証番号をいれてOKするシステムになっている。このようなシステムは初めてだ。一番初めにチェックアウトした人は間違えてチップのところにトータル金額を入れて、倍額の支払いにしてしまい真っ青。もちろん訂正してもらったそうだが、次からの人は慎重にしていた。

そこに時計を見ながらいらいらして待つ旅人の中年男性がきたので、順番を譲る。支払いが済んでもありがとうのひとこともなく立ち去った。順番はゆずってもらったらありがとうのひとことくらいほしいもの。

最終日の朝はレクチャーがつづく。どのレクチャーも英語で、なれない私には理解できない部分が多く難儀していたが、今朝の一番目の、マリア・スタジックさんの発表はパワーポイントをつかったものでよく理解できた、ニューヨークに住む毒物学者の女性で、学会発表にもなれているのだろう。

前回のスイス・ツアーでも列車の四人がけで一緒になったことがあった。ハンガリーから幼いときにアメリカに渡り、英語習得に苦労した経験があると話していたのも思い出した。エスペラントも幼いときに学びたいとお父さんに言ったらまずは英語といわれ、そのままだと、ツアーの時に話していた。

本日のテーマは専門の毒物ではなく、「フランシス・カーファックスの失踪」にでてくるバーデンの話。ドイツ語訳ではその地がバーデン・バーデンと訳されていてドイツ領内だが本当はスイスのバーデンであるということを当時の時刻表、当時のホテルの古い写真などもとりまぜ、映像たっぷりに紹介してくれてありがたかった。

次はアメリカ、ミネソタからのジュディー・マッキュラスさん。彼女はミネソタ大学にあるシャーロック・ホームズ・コレクションの管理のボランティアをしている。スイス・ツアーではワイン商の夫妻役で手作りのワイン柄のベストと上着を着ておられた。手作りと聞いてさすがアメリカのお母さんと思った。

帰国したら日本のホームズ本を送りたいと話したら喜んでくださった。会の冊子を送るように用意してあるのだが、いきなり送るものだし…となんとなく遅れてしまっていたがここでお願いできてよかった。

彼女はスイスのマイリンゲンのケーブルの登り口に設置されているホームズのプロフィール設置の由来を話した。このプレートの設置はアメリカの草創期のシャーロキアンによったそうだ。

今回のセミナーの最終レクチャーは、ローザンヌ郊外ルサンにあるシャーロック・ホームズ博物館の管理者でキュレーターのヴィンセント・ディレイ。

かつてコナン・ドイルの息子が所有していたルサン城にしつらえてあったホームズの部屋を移築し、その管理も行っている。

ドイルの息子のエイドリアンが、親から譲り受けた財産でこの城と城内の博物館を維持していた。そのエイドリアン亡き後に城は売り払われたが、ホームズの部屋やグッズなどの散逸は免れたというお話。

ハンドバックを置き忘れ？

名残り惜しいが終わりのあいさつでみなそれぞれに帰国、帰宅の途に。もう一泊ここに泊まる人もいるようだ。

フニクラに乗るのもこれで最後、石の階段が恐ろしいし、大きな旅行鞄があると余計に降りにくい。旅の仲間に助けてもらいつつ改札へ。

あの山の上のホテルに療養に行った患者さんもこの石段の登りは大変だっただろうに。今でも車いすは無理だ。

歩いて駅へ。駅のキオスクで一服してランドコートで乗り換えてチューリッヒへ。来たときと逆コースだ。

セミナーも終わり楽しく歓談。ランドコート近くで検察があり、そのときまで小さなバックは確かにあった。ほどなくランドコート着。乗り換え五分で急いでいた。

次の列車に乗ろうとすると、イギリスからのグループ四名とメアさんに会う。列車は混んでいて別の車両になった。暑いのでコートを脱ごうとしてバックの紛失に気づく。

なんとしたことだろう。気が緩んだ。いつも移動には使わない、セミナー中に利用の小型バック。座席に忘れたのだろうか。大きな黒い布袋の中に入れていたはずで、移動のときにもその状態だったはずなのに。

仲間はみんな親切で、落ち着いて、何が入っていたのと聞いてくれて、カードをまず止め、あとは出てくるだろうから待つようにと。また旅の先輩の日暮さんは私がバックをなくしたことで動揺して次のひとまで二重遭難しないようにと忠告してくれた。

仲間と一緒で本当によかった。カードはいつもなら腹巻きにいれておくし、現金も財布には少額にしておくのだが、夕食代金の精算など足りないといけないとスイス・フランの上に日本円五〇〇〇円まで入れていた。朝腹巻きにしまおうかなと思ったが、いやいやこのままでいいでしょうと。安全の国の旅、仲間と一緒で気が緩んでみなさんに迷惑をかけてしまった。

列車も混雑していて、なんだか気もそぞろ。

日暮さんは「列車はランドコート終点だから一緒に取りに行ってあげる」と、ありがたいお申し出。検察がきたので切符をなくしたといったらもう一度買うように言われたが、財布も全部前の列車に忘れてきたといったら、最終目的地のローザンヌではオフィスは閉まっているのでチューリッヒで届け出をするようにということで、切符は免除して貰えた。

そうだ、この列車にはスイスのメアさんが乗っている。助けてもらおうと提案すると日暮さんと遠藤さんがメアさん探しに行ってくれて、チューリッヒで助けて貰えることになった。

降りると、イギリスの仲間たちが「お気の毒にね」と慰めのお言葉。再会を願って別れる。ロンドンに来年一月に行く志垣さん、ひろ子さんは「ロンドンの晩餐会でまた会いましょう」のご挨拶。日暮さんはニューヨークからロンドンへの強行軍の予定。みなさんにも会えます。

メアさんはベルンで友達とのオペラの約束があるそうなのに、私のために遺失物窓口まで案内してくれて書類を作ってもらってくれた。この登録は有料で一八スイス・フランだったか。私が払うといったら「いいからいいから」と。お言葉に甘えた。

見つかったらメールで連絡くれるとのこと。滞在先のホテルの電話番号も記載してもらった。

遠藤さんとはここでお別れ。「もっと長く滞在したいけど、会社がね……。」と残念そう。

メアさんには切符もなくしてしまったのでチューリッヒ――ローザンヌ間の切符も買ってもらった。

ホームズ像をお土産に持参したとはいえ、また思いがけなくお世話になった。

一瞬の気の緩みか？　まずはローザンヌへ

彼はベルンへ向けて、一足先に。わたしたちは乗り換えなしのローザンヌ行き列車に予定より三〇分遅れで乗車。ほぼ予定どおりにローザンヌ着。皆様にご迷惑をかけてしまった。

一人だったらものすごく心細かっただろう。ローザンヌまでの列車のなかで友人の携帯電話からまずはクレジット会社へ電話をしてカードに紛失の連絡と再発行をお願いする。

海外旅行中のカードの紛失はアイスランドにつづき二回目。情けないが、アイスランドの時にこりて、緊急連絡先の電話番号を持参していたのは進歩だ。

アイスランドのときにはヒースロー空港でまずフリーのネットにつなげて連絡先を調べた。そのときには自分の携帯をもっていたけど、今回は携帯はバックの中なので友人から借りた。フリーコールだからいいようなものの。やはりみんなと一緒だという一瞬の気の緩みがこういう結果を招いたのだろう。

ローザンヌのホテルは駅からタクシーで二〇スイス・フラン。一〇分ほどのところの大聖堂の塔が窓から見えるこじんまりした三星ホテル。ここは中島さんが選んだところで、観光に最適なシチューエーションョン。ホテルの紹介で近くのレストランに行く。ファミリー・レストラン風で、まあまあお値頃。四人で、サラダ、ローストビーフ、フォンデュ、エビ料理と思い思い注文してみなで少しずつ いただく。四人だと都合がいい。チーズフォンデュはスイス名物。一回は食べておきたいけど人数が少ないときに食べるのは、ということで本日は登場。ワイン好きにはスイス・ワインはことのほか美味しいらしく、お酒もすすみ夜は更けて……。

ダボスからの長い一日は終わり（少しの無念を抱いて）。

九月二十九日

ワトスンも来たローザンヌ

朝一番にホテル近くから地下鉄で駅へ。地下鉄乗り放題券（ローザンヌ・カード）がホテルでもらえる。ダボスのときにもバス、フニクラなど乗り放題のダボス・カードがホテルからもらえた。どちらも名前の記載とホテルのチェックアウト日が記載されている。旅人にはこのうえなく便利。

駅で遺失物のコーナーに行くが、まだ届けはありませんと。この頃は「見つかる気がしていた」。昨夜、ネットで携帯もロックしたが、カメラと旅のメモが惜しい。写真はセミプロのカメラ女子のひろ子さんが、何かで使うときには写真は提供してあげますからと、ありがたいお言葉。「カメラはあきらめて。現金はしかたないし、カードと携帯は止めたし、大丈夫ですよ」となぐさめてくれる。

駅のトイレは有料で二スイス・フラン。フランスでもいつも駅のトイレは有料だったが、こちらもどこもだろうか？　とにかくローザンヌは有料。そのかわりに、一人一人出てくる都度に噴霧器で消毒していて気持ちがいい。

そこから、「フランシス・カーファックス」が泊まっていたホテル・ナシオナーレを見に行くことにする。

ホテルにあった、町が出している観光用地図付き小冊子にローザンヌを訪ねた有名人一覧にチャールズ・チャップリンなどの実在の人物の一番下に Dr. Watson とあるのはご愛嬌。本気にする人もいるだろうと思う。

「フランシス・カーファックスの失踪」事件でワトスンは他の事件捜査で忙しいからというホームズから依頼されて、ロンドンからはるばるこのローザンヌの地までカーファックスの消息を訪ねに来た。今なら飛行機でわけなくたどり着ける地だが、先般のダボスといい、ここローザンヌといい、百年前の旅は容易なものではなかったはずだ。

「最後の事件」のコースの設定でもさまざまな経路が示されている。ロンドンから列車で、カンタベリーあたりから船でドーバーをわたる、大陸を鉄路でこの地まで……。どれほどの時間がかかったのだろうか。

調査し終わってロンドンに帰っても、ホームズはワトスンにねぎらいのことばのひとつもなく、「君の報告は文学的すぎる」などと嫌みを言っているのだ。

とにかくワトスンが訪れたというホテル・ナシオナーレは現在は普通の民家となっている。くだんの小冊子にはワトスンが訪れた記念プレートがあるというのでみなで目を皿のようにして探すがみつからない。

もう一度駅にもどってインフォメーションに聞き合わせると「ここですよ」とわたしたちが探しまくったところを示す。

この日の夕方にこの地のシャーロキアンでルサンのホームズ博物館のキュレーターでもあるヴィンセント・ディレイに確認したら

「それは盗まれました」と。残念なこと。

「このあいだのセミナーでも話したでしょう」とも言っていたが、全員聞き逃してしまっていたようだ。

さらに、ロイカーバードにあった記念碑も盗まれたとか。極め付きのマニアの、あるいは単に悪意の人の仕業、それとも行きずり……。スイスは安心安全の国と思っていたのに。

エイドリアンの持ち城のあったルサンへ

ルサンへ移動。列車は三〇分に一本程度で四〇分。往復のチケットが三一スイス・フラン。ルサン駅は無人なので往復切符のほうが無難。ルサン駅に自動券売機はあった。

駅前にレストランがあるのだが、人の気配はなかった。一応博物館の位置をたしかめに坂を上る。ホームズ博物館の矢印付きの案内版が各所に立っていてわかりやすい。博物館までの道にはコープがあるきりで、カフェらしきものはないと早合点。博物館の位置をたしかめ、もう一度駅前のレストランに近づくも閉店。しかたない、もう一度コープのスーパーでなにか買ってきてお昼にしようということで、もう一度きた道をひきかえす。

無事パンにハムとそれぞれの好みの飲み物、ベビーリーフのような葉物野菜を購入。いきなりの手作りサンドイッチ。キャンプのようで楽しい。これも四人いればこそ。

軽食を終えてルサン城をめざす。

一九七八年にここを訪れたのがわたしの初スイス旅行だった。一九一八年にエルゴタミンを発見した化学者をサンド製薬の雑誌で小林が取材することになり、バーゼルに行った。娘二人もつれての思いがけずの家族旅行だった。しかも、このあとロンドンにも行ったのだから大旅行。

そのときに、小林が勤務していた上智大学の保健センターの看護師さんだった方が国際結婚してローザンヌに在住だった。彼女の家に家族全員とめてもらい、次の日彼女の車でローザンヌのルサン城まで送ってもらい、無事ホームズ博物館を見学した。「ホームズの部屋」と所蔵品が城の下の博物館におさめられていた。

かつてのエイドリアンの持ち城、ルサン城を眺める

今回は博物館前に六時という約束なので四人しばしルサン城の前まで行き歓談する。現在は改装中のようだが、パーティーなどでの貸し切りも可能の様子。「ここで誰か結婚パーティとかしてくれるといいよね」などと話ははずむ。

夢はますます膨らみ、そのパーティならホームズ時代の仮装がいいとか、そのうちにロンドンでパーティをしたいとか、半分現実的な話題も飛び交った。

はじめ、駅前の店のほかは何もないと思ったが、一本別の通りにはカフェだのレストランだの、いろいろある。

うち一軒の小さな店に入る。店内はみな禁煙なのだが、薄暗く座る気になれずテラス席につくと予想どおりのたばこの煙。スイスは駅構内は禁煙のため、駅の入り口は煙い。ホテルやレストランの室内はほぼ禁煙のようだが、逆に歩きタバコが目立った。

ホームズの部屋内で写真撮影もできた

六時、博物館前で待つ。博物館前に停めてあった車にホームズのシルエットのステッカーが貼られていたのでヴィンセントのものかとおもったが違う。この博物館の隣はアパートのようにも見え、若い女性が中に入って行くのを目撃した。

ほどなくヴィンセントが登場。中の展示品をひとつひとつ丁寧に説明してくれる。ルサン城から移転したものだ。

他にテーブルの上には最近の本がならべてあり、自由に手に取れるようになっている。その一冊に私たちの『シャーロック・ホームズの倫敦』という求龍堂から出版したものの英語版がありうれしかった。だれかが寄贈してくれたのだとか。

初版本などの珍しい本、ドイルが自ら軍服をあつらえてボーア戦争にボランティア従軍したときに着用した衣装も展示されている。

今回のハイライトはこの博物館内に再現されているホームズの部屋の中に入って撮影できるというありがたいお計らい。

初めは、ガラス越しに見せてもらい、ついに全員中まで入れていただいた。

「敷物の熊は踏まないでね」とだけ。

ああ、そうだ、私にはカメラがない！　最後の手段の iPad mini でもたもたの撮影。中島さんは大型カメラで颯爽と撮影。

感動と興奮の渦。

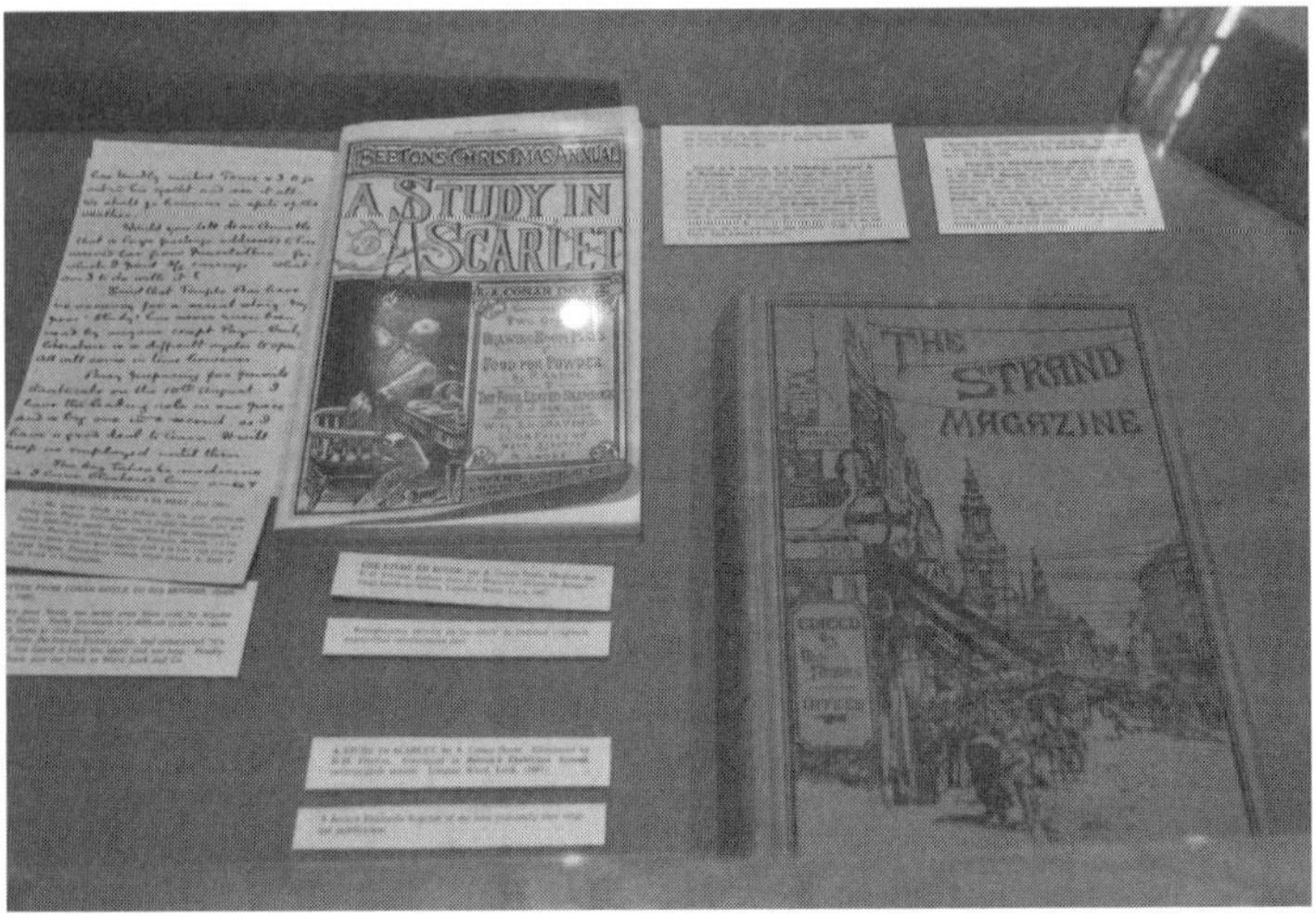

「緋色の習作」が初めてこの世にでた「ビートンのクリスマス年刊」、「ホームズ物語」が連載された「ストランド・マガジン」

博物館に復元されたホームズの部屋

日本の古い冊子もあるので、日本に帰ったらみつくろってお礼に本を送りますと約束する。出口近くにTシャツ、鉛筆、絵はがき、シールなどがあり、各自物色。スイス・ツアーのガイドブックもあり、ぱらぱらと見ると一番はじめに小林と参加した一九八七年のときの滝の近くでの写真が掲載されているので思わず購入。三五スイス・フラン。日本円だと四〇〇〇円近く。一般的にスイスは物価は高く感じられた。

ヴィンセントが皆の買い上げ品の計算をするのだが計算器も伝票もない。ひとりでノートに記載して、えーと一枚、二枚という感じ。

「いつもは私は販売はしないので」と。そう、キュレーターさんなのにお疲れさま。

「夕飯は駅近くのレストランがおすすめだが、私はこれからローザンヌに帰るから送っていってもいい。車で四〇分、駅で待たずに済みますよ」とのお誘い。

どうしようかなと思っていると、この機会だからぜひ送ってもらいましょうということになり、みなで送っていただく。快適。道路は渋滞もない。明日も今回のセミナー参加者のだれだれさんが夕方くることになっていると。毎日ありがとう。

四人での夕食は今晩が最後。ローザンヌ駅前についたのは九時をまわっていたが、ガイドブックにのっているという中国料理屋さんへ。閉店間際だったのに、快くサービスしてくれる。出たらホテルはすぐそこ。充実の一日。

九月三十日

ホームズから離れて

朝は今日ローザンヌを発つ二人を見送りがてらに駅へ。地下鉄をのりついで駅までご一緒する。明日からは志垣さんとわたしの二人旅。わたしたちの乗るフリブール行きの列車と同じホームなので、どのあたりに乗るといいかポスターの場所で覚えてたら、残念ながら次の日には貼りかえられていた。

ここからはホームズにはゆかりのない旅。

ローザンヌの町に戻る。大聖堂はどの町にもあるのだが、スイスはカルバンが主導した宗教改革によるプロテスタントが主流の国。やっとたどりついてノートルダム大聖堂に入ると、中はコンサートホール？　と思うようなたたずまい。中央に舞台がしつられていて、私の持つ教会のイメージとは違う。このなかのイエス様などは宗教改革のおりにとりはらわれて、おそらくは今は美術館に収蔵されているのだろう。

ガイドブックにしたがって旧市街の散策、美術館訪問などを楽しむ。

十月一日

フリブールへ

わたしが長くどうしても訪ねてみたいと思っていたフリブールにむけて出発。荷物が多いので、駅までは来たときのようにタクシーで駅にむかう。

昨日のうちには遺失物がでたらフリブール駅へと、依頼しておいたので遺失物がかりは素通り。

フリブールは犬養道子さんの「フリブール日記」を読んで感動していつかは訪ねてみたい町だった。彼女はもうすでに亡くなっているが、この町に住んで、フリブール大学でカトリックの聖書学を学んでいた。この大学はカトリックの資料がヨーロッパ内のどの大学よりもそろっているのだとか。この町に住み、学び、かつ山歩きも楽しみ、町の人とも交流した日々が描かれていた。そのときにぜひこの町をたずねたいと願っていた。今回その願いがかなう。

駅からは荷物のこともあるので、タクシーでホテルへ。

駅近くにあるという町のインフォメーションに向う。地図上のマークをさがしてもなかなか見つからない。駅前をひとまわりすると超モダンな建物の中に発見。

楽しみにしていた町をひとまわりするミニ・トレインは十月一日から運休。え、今日から…。

残念だがしかたない。私のめざすフリブール大学、そして紛失物が出なかったときの警察署の位置も地図に印をつけてもらう。

休憩の後に町の散策に。めざす大学はまたイメージ違いのコンクリートづくり。中世のような建物群を予想していたのに。大学の事務室で確認したが一九四三年に建物が作られたとか。犬養さんが学んだのもこの建物なのだ。第二次世界大戦のさなかにこの立派な鉄筋コンクリートづくりの大学におそらく全面改修したということはすごいことだと思う。

うろうろしているときに神父か神学生だろうか、ストラをまとった若い男性をみかけた。どこかの修道会の留学生だろうか。

この町はスイスのカトリックの中心地でもあり、修道会も教会も多い。表門がしまっているしと思っていたら、だれかが裏へまわるといいよと教えてくれて、裏に入り込むとそこはカレッジになっていて、祈るポーズをしたら警備のおじさんが教会内に続く扉を開いてくれ、親切にしてもらった。

聖ニコラ大聖堂をたずねる。交通繁華な道の向こうにある。素晴らしいパイプオルガンもしつらえてあり、私のイメージする教会。この塔は町のどこからでも見える町のシンボル。帰途のジュネーブに向かう列車の窓からも見えた。

メールをひらくとメアさんから「鞄はでてきたか?」という親切な問い合わせ。ニューヨークでの再会を楽しみにしているとも。また私の持参のホームズ像が自分のそばにあり嬉しいともあった。

十月二日

翌日もガイドブックに従っての町散策。町は旧市街、川に囲まれた谷をえぐったような部分と、有名な水力発電により動いているフニクラでも昇降できる新市街とに分かれている。ひとまわりしても私のゆっくりの足で二、三時間だろうか。橋のたもとのマリオネット博物館見学、有名店らしきレストランでの昼食、フニクラでもどる。

こんどはスイスの駅から、紛失物はみつからなかったとの連絡。保険のこともあるから警察で盗難届を出してきたほうがいいとのアドバイスも娘からもらっているので、明日はいよいよ警察へ行こう。

十月三日

フリブール　二日目

「結婚記念日　おめでとう」のメッセージが娘から入る。そうだ、今日だったな。小林がいないと喜ぶ気持ちにはなれないけれど、覚えていてくれたのが嬉しかった。

朝食のあと観光案内で聞いた警察署に行く。徒歩で一五分くらい。わかりにくい。古い建物の中だった。理由をいうと、その書類はここでは出せないのでこの州の警察にいくようにと地図に丸印をつけてくれる。その丸印のところは例の観光案内のすぐ前のデパートをさしている。

観光案内所訪問は何回目になるだろうか？　また警察の位置を訪ねると、誰がこの印つけたの、今はここではないのよといって、パソコンで検索。「え、先ほど警察署で聞いたんだけど……」

新しい場所に丸をつけてくれる。

今度は駅の先らしい。なんだかわかりにくいしと通りすがりの人に「Where is the Police office?」と尋ねると

「日本の方ですか。私は日本人です。警察まで案内します」と。ありがたい。彼女もスリにあって警察に行ったことがあるのだとか。え、スイスにもスリが……。安心、安全の国というのはもう昔の話だったのだ。

警察と美術館訪問

警察の窓口には一人女性が待っている。ここの呼び鈴わたしはもう二度押したのよと。では、と三度目、四度目と押してみる。

一〇分も待っただろうか。おっかなそうなおばちゃんが出てきて「フランス語かスイス・ドイツ語で話せ」と。

こちらもここで書類をもらえなかったら最悪。ひきさがれない。

唯一覚えているフランス語で「ジュネ・パルレ・フランセ」、次に「テスタメント、アセクルール」と言い続けていたら、奥に行ってなにやら館内放送。

英語がわかる職員の呼び出しをしてくれたらしく、窓口に若い女性があらわれ、今は時間がないので一時半から二時にまた来てねと。

こういうときのために各国語のトラベラーズ・ディクショナリーをもっているといいわねと志垣さん。旅なれていて紛失・盗難など一度も経験されていないというベテランさんのお言葉。

警察から徒歩二〇分ほどの美術・歴史美術館を訪れる。ダボスの美術館では真っ先にあなたは「シニアね」といわれていささかショックだった。せめてお歳はと訊いてほしかった。そのことをこぼしたら、横にたらしている髪の毛の白髪が目立つからまとめてみてはどうかという提案。そういえば成田のホテルでもらった髪の毛をとめるバレッタがあったので上にあげてみた。

さて今度はどうだろうとおもっていると、「普通料金は八スイス・フランですが六五歳以上は五スイス・フランです」とわざわざ言ってくれた。一応「あなたは六五歳すぎてるわよね」と言われないのはうれしかった。もちろん美術館がそういう教育をしてるのかもしれない。

鏡でみるとなんだか白髪が増えていた。だいたい海外旅行に出るといつも白髪がふえる。いつも使わない神経を使っているせいだろうか?

美術館の階段でぱらりと音がする。腕にはめていたロザリオを落としたらしい。すぐに探したが、見つからない。これも神様の思し召し…。収蔵されているイエス様のお顔がなんだかイメージ違いなどと思ったからかな、などと思った。

最上階では思いがけずフェルディナント・ホドラーの絵にであう。スイスを代表する画家で、日本でも今年（二〇一四年）の秋には国立西洋美術館でホドラー展が開催される。

チューリッヒの美術館にはホドラーの特別室があると記憶している。

なんでホドラーの絵に出会ってうれしかったかというと、この画家の息子が父親の莫大な財産をもとに現在の世界エスペラント協会の基礎を作り上げたからなのだ。まさに現代のエスペランティストにとっては恩人というわけだ。

スイスのショード・フォンという時計で有名な地にはエスペラントの家がある。今回は訪ねないが一度目のスイス旅行のおり娘二人をつれて訪れた。

そのとき私たちが訪ねたシャレーのほかに隣接の家も買い増して素晴らしい施設になっているそうで、冬はスキーもできて長期に滞在する人も受け入れている。宿泊付きの講座も定期的に開催しているし、またの機会にはそこにも滞在してみたいもの。

盗難証明書

一時四五分に再び警察署を訪れる。今度は呼び鈴を押すとすぐに係員があらわれる。朝に名前と時刻の書いたメモをもらっていたのでそれを渡す。三分ほどで扉が開き、中へと促される。志垣さんにも一緒に入っていただく。

三畳ほどの部屋に入るとテーブルとイス二つが並べてあり、机の上には大型のモニターとキーボードが机の上にのせてある。女性の警察官は出入口側に座り私たち二人はテーブルのこちら側に並んで座った。

「英語がよくできなくてごめなさいね」と、開口一番のことば。

パスポートと駅での紛失証明を見せて、置き忘れだと思ったけれど乗り換え駅で盗まれたようだと話すと、キーボードでパシャパシャと打ちはじめる。

盗まれた被害総額は？

カメラの型番はわかるか？

駅の書類にはノートブックとあったが、iPad か？

財布の中身の金額は？

iPhone、遠近両用めがねなどもはいっていたので、おそらく日本円で一五万円くらいかなと思い換算値一二〇〇〇スイス・フランと言うと、そのように書類に記載され、日本の住所などがあっているか画面で確認すると、プリントアウトしてくれて、書類二枚に私のサインをして、無事にフランス語での盗難届書類が貰えた。

彼女はおなかが大きくて、もうすぐ臨月くらい。思わずお大事にとのあいさつをして別れる。朝、道であった日本の方は費用が要ったとのことだったが、特に請求されることはなかった。

旅行者だからかもしれない。とにかく無事書類を貰えてほっとする。

駅前でアイスクリームで一休み。駅前を通りすぎたときには小さなカフェと思った駅の隣のホテルのカフェは、入ってみると立派だった。スイスのアイスクリームはおいしいとの評判にたがわなかった。

ホテルにもどり休憩。警察に書類を貰いに行った報告をメアさんにメールしておく。これで一件は落着とはいわないが半件落着。

この町が発祥の地　ラクレット

夜はこの町が発祥というラクレットを食べにお出かけ。これも観光局で教えてもらった。代表的スイス料理の割に提供するところが少ないらしい。

町の有名なスイス料理の店でも提供しておらず旧市街まで足を延ばした。ダボスでもラクレット・パーティがあった。これは自分たちでチーズの固まりがとろけたところをそぎとってジャガイモにつけて食べるというものだったが、今回はすでに溶けたものを皿に乗せて持ってきてくれる。食べ終わると次はいかがときいてくれるが、わたしは二皿で、志垣さんは三皿で終了。何皿でも同じ料金で持ってきてくれる仕組み。

チーズにはワインと思いグラスワインを注文する。食後の紅茶とグラスワインの料金が同じ四・八スイス・フラン。紅茶が高いというべきか、ワインが安いというべきか。

チーズを食べたときには必ずワインか紅茶をのまないと、消化に悪いといつかテレビでみたのでしっかり守った。

十月四日

最終目的地　ジュネーブへ

旅の最終目的にジュネーブに向かって移動。列車の窓からフリブールの町からいつも見えた大聖堂の塔が薄がすんで見える、長年どうしても一度はたずねたいとおもっていた町。来てみればイメージの違いがあったり、さまざまだがそれがまた旅のよさ。三泊をすごしたローザンヌを通過して乗り換えなしで一時間半ほどで到着。ホテルはコルナバン駅の真ん前。

二時にオールドタウン、大聖堂の隣の噴水のよこの大きなカフェであいましょうとマルコス君たちと約束していた。確認のメールもくれている。

すごくいいところだし、すぐにわかるから来てねと。

まず観光局に行き、彼の住所の場所をおしえてもらう。観光局から徒歩でオールドタウンに向かう。橋をわたったところに観光用のミニ・トレインがまっている。フリブールでは十月一日から運休で乗れなかったが、今日はレマン湖の南湖畔にそってトレインでひとまわり。

ミニ・トレインをおりてまずは大聖堂をめざし、「Where is the fountain?」ときくと下にあるというのでもう一度下る。ファウンテンというのは泉？　噴水？　広場には噴水とまでもいわないまでも水が出ているところがあった。チョコレート屋やケーキ屋とカフェがならぶ。

ここだね。ジュネーブはあたたかく、半袖Tシャツ姿のひとさえいる。温暖で過ごしやすいのだろう。

幸せな二人にあてられて…

定刻にケーキの箱をもったマルコス君があらわれる。カフェでお茶をするのかとおもったらご自宅に招待してくれた。

鍵をあけると青い電気の誘導灯がついている。

一階は盲人のための図書館になっているのでその人たちのためのものだという。エレベータはないが、古くて由緒ありそうなオールドタウンにふさわしい建物だった。

長年の長距離恋愛が実って来春に結婚する二人は幸せいっぱい。

「結婚式は英国のウインチェスターの英国国教会の教会であげるの。私の両親がそこの近くに住んでいるから」とヘレン。

マルコス君はカトリック。スイスでも親族を招いてカトリック教会で式をあげるといっていた。

一九九一年のスイスツアーで知り合った二人はその時に私たちに同行していたエリカのこともしきりにきく。今年の春に結婚したというと、わたしがキリスト教徒であるのを知っていて式は教会でかとたずねるので神社なのと答える。

日本人の多くは信仰にとらわれず神社、教会で式をあげるのよと教える。もっとも英語ではさほど深い説明はできなかったが。

特別ゲストへとシャーロック・ホームズのティーポットにホームズゆかりのマグ、さきほどマルコス君が買ってきてくれたおいしいケーキ、そして幸せいっぱいの二人、私たちも幸せな時をすごす。

今回のダボスのセミナーも三年前からいろいろ考えていたそうで、会場選びにはじまり、講演者の依頼など、ライヘンバッハ・イレギュラーズを名のるマルコス君とメア君の二人での準備はさぞかし大変だったことと察する。

「はじめ二〇人くらいの参加者があればいいいと思っていたのに三三人も来てくれて本当によかった。しかも日本から五人もね」と。

スイスのフランス語圏からはローザンヌのヴィンセント、現在バーゼルに住むドイツ人とイギリス人のカップル、アメリカからも高名なシャーロキアンのピーター・ブラウ夫妻、レレンバーク夫妻、ミネソタ大学でホームズコレクション管理をされているジュディ・マッキュラス、毒が専門のマリア・スタジック（いずれも講演者）…。そうそうたる顔ぶれ。

ピーター・ブラウさんは八〇歳を超えておられるようだがお元気。スイスはローザンヌのシオン城にまねかれたとき以来だそう。マルコス君は車でヘレンとピーターご夫妻をマイリンゲンのライヘンバッハへ案内して、ギーズバッハのホテル（スイス・ツアーでも訪れた素敵な島の一軒ホテル）に二泊。ブラウさんとはローザンヌで別れて、今日アメリカに帰国されたそう。

ロンドンからもスイス・ツアーの仲間、クイーン・ヴィクトリア・トスカ卿夫妻、キャサリン・クックさん。本当にすごいメンバーだ。日本の会合と違い会のはじめに自己紹介もないし、名簿も配られないから全容はわからない。

「また来年の秋くらいに小さな会合をジュネーブで開きたいと思っているけど、僕たち結婚でいそがしいからね。どうなるかはまだわからないんだ」

「あ、私ダボスの帰りにどうもスリにあったらしくて、カメラとかなくしたの。だからiPadで写真とるわね」

というと、

「そういえば一九九一年のツアーでは小林さんがスリにあったよね。ホームズ・ツアーの参加者でスリにあったのはあとにも先にも小林さんだけだったけど、今度はあなた？」

よほどそこつな夫婦だと思われてしまったらしいがしかたない。小林はチューリッヒ空港で旅の仲間との再会に気をとられて、握手をかわしているあいだにショルダーバックを一つ取られてしまった。前日訪れたユング研究所を収めたフィルム、日本円を入れた財布、電動カミソリが入っていた。

そのときもみんな気の毒がってくれた。ルッツェルンで新しく電動かみそりを小林が探しにいっているあいだ、わたしとエリカはルッツェルン郊外の「瀕死のライオン像」を見学にいった。これはスイスの傭兵の多くが海外で非業の死をとげたことを悼んでつくられたものだ。

スイスといえば小学生の頃から永世中立国、自然豊かなど表面しか知らなかったが、その歴史、宗教改革など興味が尽きない。

ロンドンに帰ったらケイトに会うのというヘレンによろしくとことづける。一三歳でホームズ・ツアーに参加したエリカをいまでもホームズ仲間がよく覚えていてくれてありがたいこと。いつか一緒にスイス・ツアーに参加したらみんなびっくりするだろうな。大きくなっていて！

幸せな二人にあてられつつ、記念写真ののちに一時間ほどの滞在で失礼してきた。

あとは近くの宗教改革博物館に足をはこぶ。宗教改革の指導者カルバン、そして現在にいたるまでのプロテスタントの歴史を展示していた。

ＹＷＣＡ、ＹＭＣＡ、赤十字はみなキリスト教をひろめ、さらに若者の教育、医療などのため考えられた。これらはみんなスイスが発祥だとか。赤十字はスイスが発祥と知っていたが他は知らなかった。

十月五日

ジュネーブ空港まで志垣さんとご一緒。帰りはそれぞれ別の航空会社で。

とりあえず無事に帰国。かなり大変だったけれども充実の旅だった。

第6章　アンネのいたアムステルダム、そしてロンドン
（二〇一五年、アムステルダム、ロンドンの旅）

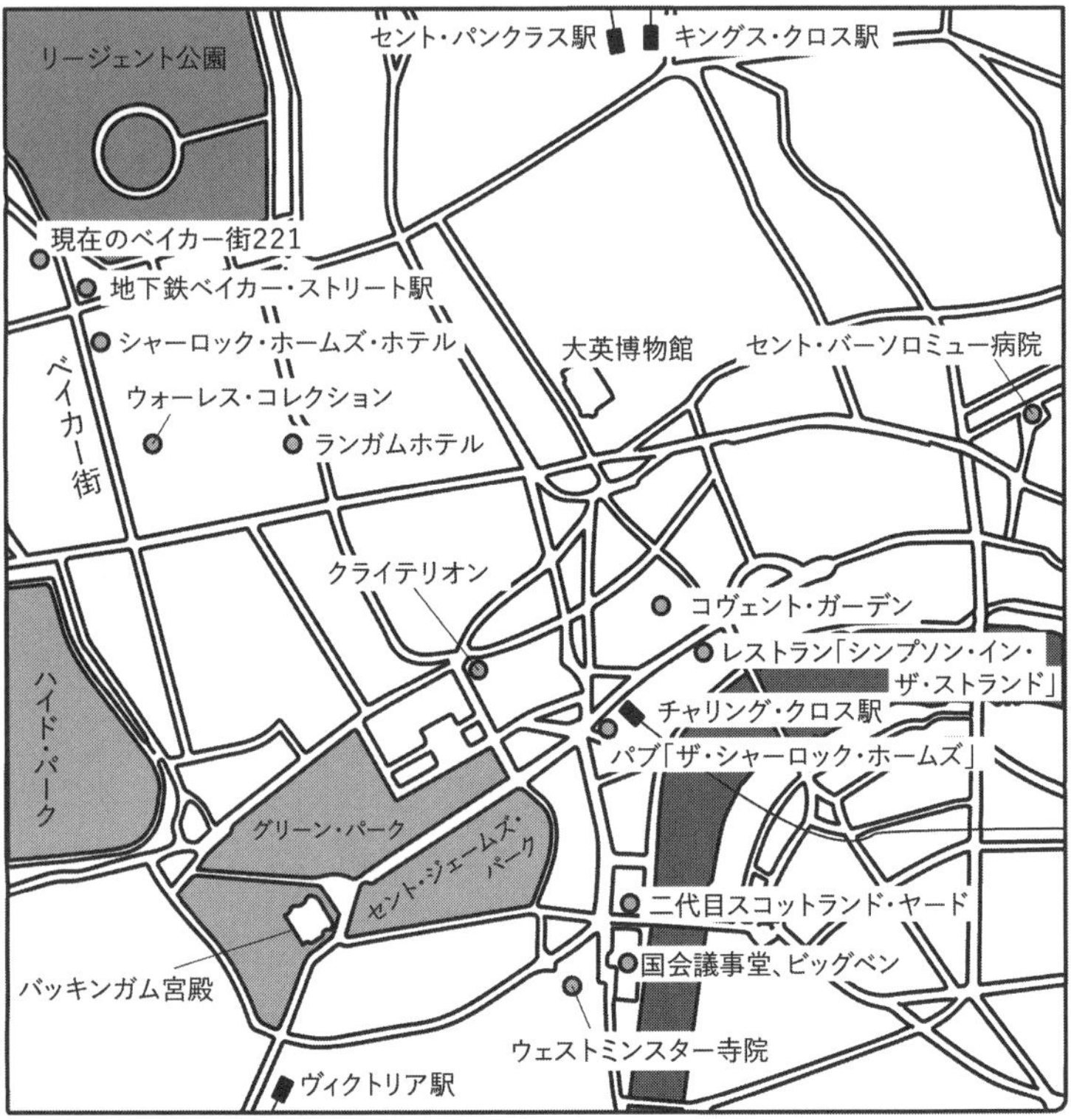
セント・パンクラス駅
キングス・クロス駅
リージェント公園
現在のベイカー街221
地下鉄ベイカー・ストリート駅
シャーロック・ホームズ・ホテル
ウォーレス・コレクション
ランガムホテル
ベイカー街
大英博物館
セント・バーソロミュー病院
クライテリオン
コヴェント・ガーデン
レストラン「シンプソン・イン・ザ・ストランド」
チャリング・クロス駅
パブ「ザ・シャーロック・ホームズ」
ハイド・パーク
グリーン・パーク
セント・ジェームズ・パーク
二代目スコットランド・ヤード
国会議事堂、ビッグベン
バッキンガム宮殿
ウェストミンスター寺院
ヴィクトリア駅

二〇一五年三月二十三日

エリカがアムステルダムでアンネの展覧会をするというので、強引に保護者参観に出かけることにした。おかまいしないけど適当に過ごしてとのこと。

昨日までのホームズ・クラブの大会の興奮もさめやらないまま、いつものように吉祥寺よりバスで成田空港へ。バスの客は私一人。

三月二十四日

アムステルダム　ロイド・ホテルへ

フランクフルト乗り換えで無事アムステルダムに到着。エリカの指示通りにタクシーでロイド・ホテルに向かう。アムステダム中央駅からはトラムで三駅ほどのところ。

設営まっただなかのエリカと合流できた。その夜はホテルの向いのスペイン料理店で私もまぜてもらい夕食。

また明日も設営とか。みなさまボランティアですごい。

三月二十五日

私がいても設営は手伝えないので列車でキューケンホフへ。

チューリップには若干早かったが、早春のオランダを楽しめた。

私は早めにお休み。エリカたちは遅くまで設営。

三月二十六日

「アンネ」を殺したのは誰なのか

アムステルダムでは「アンネの家」には行っておかなければ。一五年ほどまえに来たときには増築中だったため、並ぶこともなくすぐに入れたのだが、今は並ばなければならない。ネット予約のチケットもすでに売り切れ状態。朝一番に並ぶのがいいというので八時半に到着。すでに二〇〇メートルの列。入館は九時から。予約チケットがあれば並ばずに別の入り口から入れる。こういうシステムをはじめて知った。

『アンネの日記』は飛行機の中で再読。この日記が世に出せたのは家族でただひとり生還できた父親の存在があったからで、この父も亡くなっていれば刊行できなかっただろう。アンネ一家は自分たちだけではなく、アンネが恋心をいただくようになったペーター一家たちとの隠れ家で共同生活を送った。あと少しで連合国がナチを崩壊させ、終戦がくる。アンネはそれを夢みて日記をつづる。しかしその夢は儚く終わった。

アンネたちは誰かに密告され、ナチにとらわれて収容所で命を落とす。

アンネを殺したのはだれなのか？　ずっとここにくる間中考えていた。

密告した人か、連行した人か、強制収容所か、収容所を作った人か、さらにずっとたどっていけば、ナチズムやヒトラーの台頭を許したその当時の人か、選挙に行かなかった人か。

ヒトラーの精神病理を小林はずっと研究していた。彼の異常性をいちはやく精神科医が治療していればよかったのだろうか。

とにかくアンネは殺された。

記念館の最後の展示に世界各国の人がアンネについて語っている映像があった。「アンネは死んだのではない、殺されたのだ」と。まさにそうだ。

日本では戦争で死んだということを「戦死」という。いつかテレビの連続ドラマ「花子とアン」でカナダ人の女性が「私の恋人は戦争で殺された」と英語で語るシーンがあった。日本語字幕では「私の恋人は戦死しました」と出た。違う。「戦死」などと軽々しいことばを使わないでほしいと怒りを覚えた。

オープニング・パーティーに参加

二時すぎにホテルにもどり、今日のオープニング・パーティーにあわせて日本から持参の着物に着替えて出席。

五時からのレセプションにはオランダに住むには日本の女性たちなどなどで三〇名ほどだったろうか。多くはオランダ留学中などにオランダの男性と結婚されたという国際結婚組。みなたくましくこの地に根をおろして輝いていた。

トークショウは一度日本でもお会いしたことのあるジュディスさんが司会をつとめて、エリカと今回の共同展示のヴァンサンとクララさんがそれぞれ「今回の展示テーマ——本の記憶」について語っていた。

アムステルダムの町

三月二十七日　金曜日
ゴッホはホームズと無関係ではない

エリカのまわりには、私がいままで会ったことのない人たちが集っていて刺激的だった。

ゴッホ美術館のチケット予約をオンラインでしてもらい、トラムで向かう。ゴッホ美術館にやっとたどりついたら長蛇の列。携帯へのチケット予約完了の画面みせるが日本語表示ではわからないからと奥までつれていってくれて、チケットをプリントアウトしてもらい、やっと入館。旅先ではプリントアウトは難しいし、これからは日本で予約してから行こう。

『誰がゴッホを殺したのか　ゴッホ殺人事件』という美術研究家小林利延のシャーロック・ホームズ物のパロディがある。二〇一〇年にはゴッホ展が日本でもあり、ゴッホに関心がたかまっていたころでもあった。ホームズ・クラブの会員で美評論家の岡部昌幸さんが先輩の方がお書きになった本といって小林が亡くなった直後にご恵贈くださったもので、思い出深い一冊だ。

同じ著者による『ゴッホは殺されたのか　伝説の情報操作』も帰国後に再読した。一般に流布している「ゴッホが自殺した」というのは誤りで、右利きのゴッホが「わざわざ左わき腹から下にむけて撃ったのか」がカギで、さらに自殺に使ったとされるピストルが見つかっていないことから、「殺人である」という結論に達したそうだ。

「マザリンの宝石」の切断はアムステルダムで

夕方四時半に、ゴッホ美術館の入り口でエリカと待ち合わせている。時間があるので隣の近代美術館に行くが切符購入に行列しているうちに時間切れになりそうなので、公園の真ん中にあるミュージアム・ショップへ。なんと、ここで各ミュージアムのチケットが購入できるのだ。

その近くにあったダイアモンドの加工工場見学ができるところがあり入ってみた。中はそう広くない建物で、ダイアモンドの研磨、カット、指輪の加工などが行程ごとにみられるようになっていて、実際に職人さんが働いている。女性の職人さんもいる。団体の一行が案内係の説明で見て回っているようだった。場違いなところに来てしまったような気もしたが、オランダのダイアモンド加工の話も「マザリンの宝石」に登場しているので、見逃せない見学スポットだ。

「マザリンの宝石」事件での話。「豪華な黄色のマザリンの宝石」と呼ばれるダイヤをホームズが取り返そうと画策する。そのなかで、悪漢シルヴィアス伯爵は「宝石はわたしの秘密のポケットの中だ。日曜日にはアムステルダムで四つに切り分けられるだろう」とうそぶく。

入ってすぐのところに本物だろうか、燦然《さんぜん》とかがやくダイアモンドの宝冠がかざられている。写真も

ガラスの向こうには作業をされている職人さん

光り輝くダイアモンドの王冠

写していいというのでカメラを出したら係りの男の人が咎めるどころか、お撮りしましょうと。時間がないので一階で帰りたいと声がけして外へ出た。さすがに高級なダイヤを扱っているところなのでセキュリティが高いと感心した。

とにかくダイヤの加工過程がみられて、オランダに来たかいがあった。

ホテルへは使い慣れたトラムで三駅。明日はエリカは帰国、私はロンドンだ。

三月二十八日　土曜日
ロンドンへは四時間の延着

ロンドンへは一四時の便。一二時に空港につけばいいのだが、午前中どこかに見学に行くのも気ぜわしいし、エリカと一緒に空港に行くことにした。

待ちくたびれたころにやっと搭乗したのだがさっぱり動かない。なにやら機械が故障しているのでとか。さらに、ホテルもお食事意券も用意しますと言っているではないか。夕方六時にロンドンのホテルで友人二人と合流するはずなのに。

今日中に飛びますかとたずねたら「私もそれを願っています」と客室係の女性のお言葉。あせってもどうしようもない。結局四時間ほど遅れてロンドンには五時近くに到着。しかし預けた荷物が出てこない。たしかにアムスからの荷物は六番と書いてあるのに。最後まで出ないのでロスト・バゲッジかとあせる。聞きにいけばあなたの荷物は四番にあると。どうもあまり早いチェックインなので前便に乗ってきた模様。ヒースロー・エクスプレスの乗り場を係にきくと「ストレイト・オン、アンド、レフト」というので左にまがったがそれらしきものはない。なんということはない〝レフト〟ではなくて〝リフト〟っていったんだ！

やっと乗れたがすでに六時。ホテルで待ち合わせているロンドン在住の清水健さんの携帯番号をこのあいだ登録したとおもったが見つからず。しかたない、たどたどしくホテルに電話してロビーの友人に三〇分の遅刻を伝えてもらう。

あせりまくってホテルに約束の三〇分遅れで着。ホテルはパディントン駅から五分のところで便利だ。日本からの友人新井清司さんと二人で待っていてくださった。遅れたことをあやまると「無事着いてよかったですよ。遅れることくらい何でもない。つい先日、飛行機ごとつっこんで自殺を試み、全員死亡の大事故があった」と教えられた。オランダではテレビもみなかったので知らなかった。

明日から夏時間に

清水さんはつい先日のホームズ・クラブの大会でもお会いしたところ。新井さんは昨日ロンドン着で今日はご自身の研究テーマの地を巡られたそうだった。お疲れでしょうからとすぐ近くのイタリアン・レストランで食事。満席。なかなかの美味で値頃。たぶんこのあたりはホテル街なのでホテルの客が遠出をさけて、出かけてきているようだ。

明日の約束をして早めに解散。長い一日。アムス—ロンドン間の飛行時間は一時間二〇分。はじめにタイムテーブルをみて二〇分しかとばないのだと思ったら、大陸との時差が一時間とのこと。さらに今日の真夜中からイギリスは夏時間になるからと清水さんのアドバイス。町の時計は直っていないこともあるからテレビで確認するようにと。幸い、私も新井さんもアナログ時計だったので今なおしてしまいましょうと。

朝、携帯の時刻を見たらすでに夏時間に直っていた。利口な携帯だ。

三月二十九日　日曜日

ロンドン博物館の「シャーロック・ホームズ展」へ

朝は曇り。ロンドン博物館の「シャーロック・ホームズ展」(Sherlock Holmes: The Man Who Never Lived and Will Never Die) へ。今回ロンドン訪問の主目的でもある。日曜日だし、イースターも近いし、入場制限もあるからあらかじめネットでチケットを購入して来るといいとの清水さんのアドバイスで、日本から初めての経験でネット予約してきた。三〇分遅れるとチケットは使えなくなるとも聞いていたので遅れてはならじと、一時間みればいいといわれていたが余裕を見て出発。途中のカフェでコーヒーを飲んで、すでに九時半には到着。先客が二、三名あった。デンマークからで、ホームズ・ファンというわけではなくロンドンのミュージアムめぐりの一環だそう。

入場前に博物館のまわりをぐるりとみまわす。「踊る人形」の暗号が大きく飾られていて、壁面に「踊る人形」の原書を大きくコピーしたもの（シドニー・パジットのイラスト入り）が掲げられている。

小雨の中、風も強い。これがロンドンの典型的な天候なのだろうか。雨と風の強い日に「お気をつけてお帰りください」と依頼人ジョン・オープンショウをかえして、その夜に依頼人が殺害されてしまうという失態を「オレンジの種五つ」でホームズは演じている。

一〇時になってもチケット売り場に行列ができるでもなく、なんだか拍子ぬけ。雨だし夏時間にかわ

ロンドン博物館入口。「踊る人形」の暗号が掲げられている

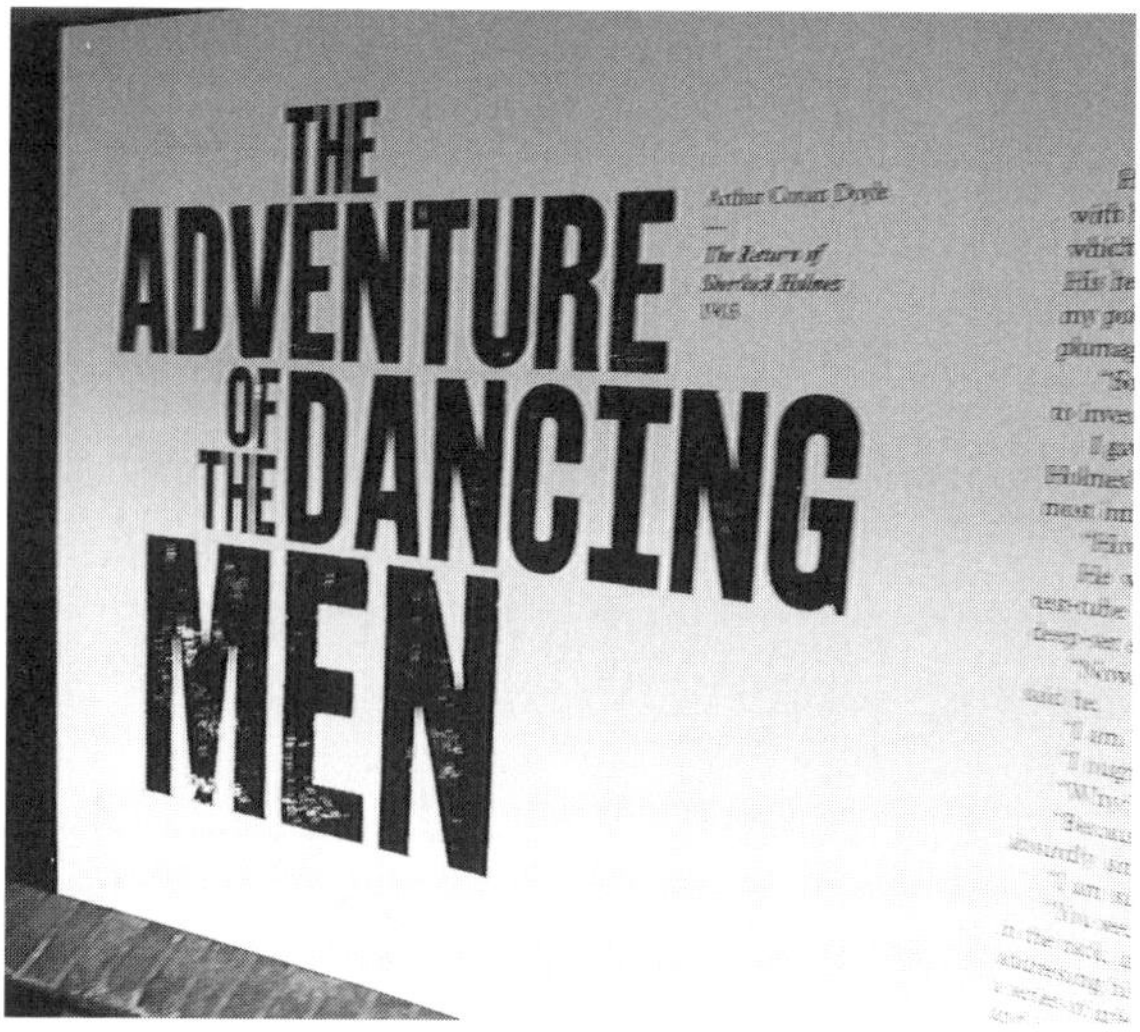

博物館のまわりに飾られたポスター

シャーロック・ホームズ展のポスター

書棚を押して入ると展示室

パイプと虫眼鏡の前で記念撮影

ったばかりで、出足がおそいのではと推測。新井さんと合流。

ほとんど一番のりで会場内へ。入り口が凝っていて書棚を押して入るという仕組みになっている。書棚を押して入るという趣向が、つい先日訪れてきたアムステルダムの「アンネの隠れ家」を思いださせる。

世界に現存するのは一三冊のみとも、ひとときオークションで何百万円との噂もある「緋色の習作」が初めてこの世に出た『ビートンのクリスマス年刊』が初版、二刷とならんでいる。

そのほかにもドイルの父親アルタ・モンドイルが挿絵を描いた『緋色の習作』の初版本も飾られている。この初版本は我が家にもあり、小林が大切な本だと家の奥深くのロッカーにしまっていた。泥棒にとられないようにとの心遣いだった。ところが二〇一一年三月の大震災のときにたまたま家で留守番していた愛犬のポンピーが、よほど怖かったのだろう、普段はなら絶対に行かない家の奥深くに入り混み、さらに運の悪いことに、地震で転落していたこの初版本の端をくいちぎった。

しかも気づいたのはずっとあとのこと、よほど怖かったのだろうと思うと怒る気にもなれず、まあ、イラスト部分は無事だしと納得。それにしてもあの揺れでも、我が家のあまたある本は一冊も落ちなかったのに、ロッカーの中の初版本だけが落ちたとは。これも震災の記念。

ポンピーは「スリー・クォーターの失踪」に登場する、どこまでも臭いを追いかけ事件解決に大いに貢献する名犬。

今回の旅の間、娘におもりをお願いしてきたのだが、彼女がお出かけの間に逃亡。娘宅の近くの井の頭公園まで行ってうろうろしているところを無事捕獲。逃げられた娘は生きた心地がなかっただろうと

バージニア・ウルフの家にもあった「Tit Bit's」も展示されていた

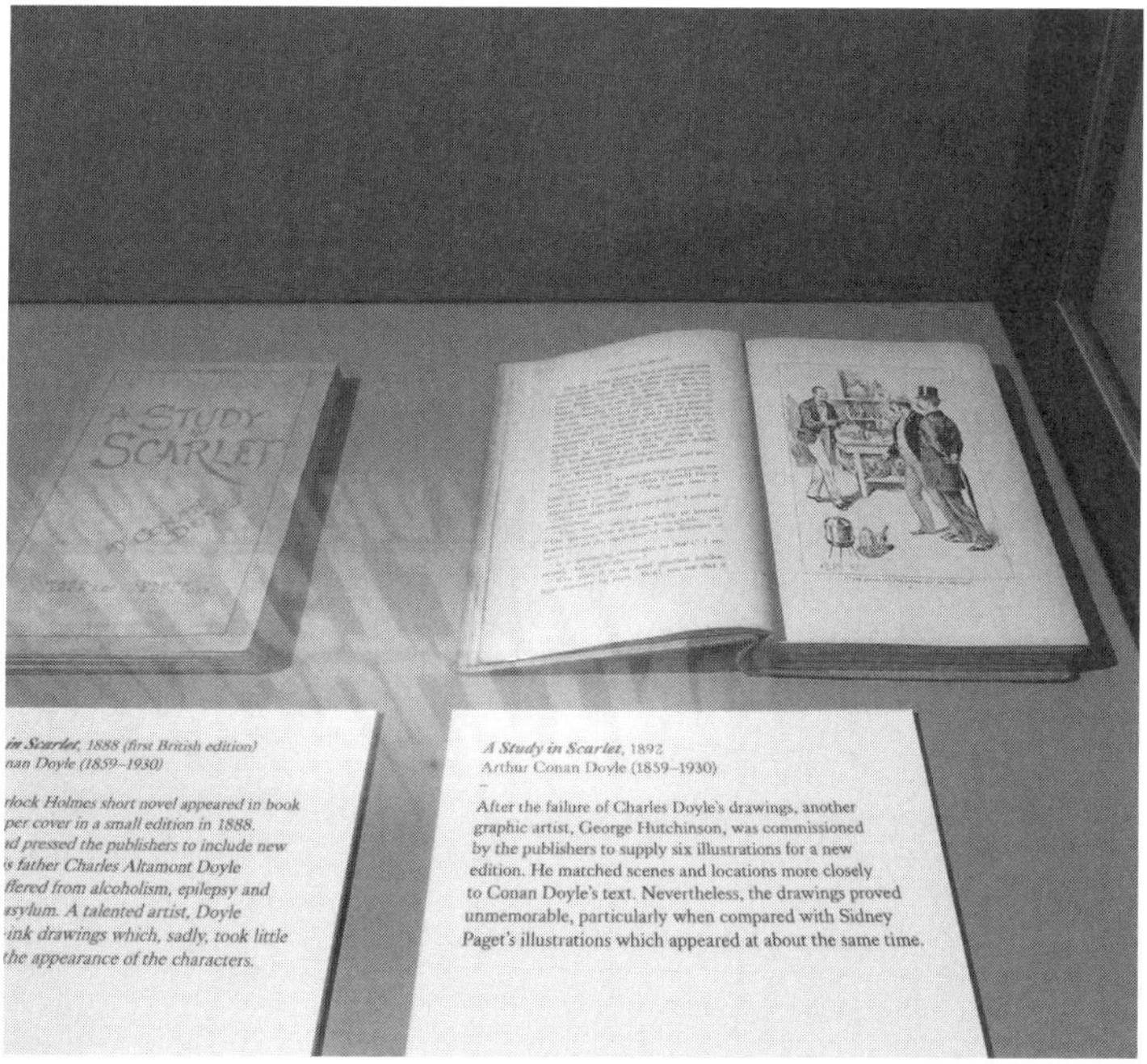

「緋色の習作」。左は初版

本当に申し訳ない気持ち。我が家の名犬の逃亡の数は一〇回ではきかない。網戸をやぶる、扉をやぶるなど、まさかということをしでかす。外につないでおくと、自分で綱の留め金がはずせるのだった。このごろ外につながなかったので忘れていた。

展覧会は現代風でほぼ写真撮影も可

今回の展覧会は現代風で各所で映像が楽しめるようになっている。同じような場面を、古いホームズ役者のラズボーンなど演じているシーン、次にグラナダTV製作によるジェレミー・ブレットが、そして現代のシャーロックとつぎつぎに見られるようになっている。

シャーロック・ホームズのイラストといえばシドニー・パジットというほどにイメージが定着している。特にパジットの描くホームズの横顔は有名でさまざまな本に引用されている。

パジットの描いたホームズのプロフィールにドイルは「これこそ、私が抱いていたホームズのイメージ。以後はこの絵にあわせて物語を書く」といわしめたという伝説も残っている。

パジットのホームズの横顔の原画はいまは亡きランセリン・グリーンさんがオークションで落札されたときいていたが、それも展示されていた。他の展示物はほとんど撮影できたのだが、これは撮影禁止のマークがあった。

ホームズの時代の原画は雑誌に使われたあとは粗末に扱われた模様で現存するものが極めて少ない。いままでなら、ホームズといえばインバネスコートとディアストーカーだったのが、今回は「SHERLOCK」のコートが展示されているのには驚いた。

分厚いこの展覧会のカタログは昨年にどなたかがフェイスブックに購入したと上げているのをみて急

に欲しくなってアマゾンでもとめた。四〇〇〇円はしたような気がする。（展覧会の内容を紹介した邦訳本『写真でみるヴィクトリア朝ロンドンとシャーロック・ホームズ』は日暮雅通訳で二〇一六年二月に刊行されている）

ロンドン博物館のキュレーターの執筆で、ディケンズ展も手がけた方だとか。この展覧会は生粋のシャーロキアンが手がけたものではないところが、一般受けの原因なのかもしれない。

シャーロック・ホームズの誕生から現代までを実に手際よく、誰にでもわかるようにしてある展示に脱帽。

二時間たっぷり楽しんで外へ。売店には、さまざまなホームズ関連本からグッズが並ぶ。鎖つきルーペにちょっと心が動いたが、値段は日本円で三〇〇〇円くらいしたので断念。その後同じものをヴィクトリア・アンド・アルバートミュージアムでも見て、再度迷ったが買わずじまい。

シャーロックが着ていたガウンに似せたもので、テトロンかなにかのぺらぺらなものが沢山ハンガーにかかっていた。「SHERLOCK」のファンはこれを着るのだろうか。

あとはお買い上げの商品をいれる簡易な布バックが一ポンドは嬉しい。土産にと多めに購入した。

ここでロンドン在住の清水さんと合流、この博物館の常設展を三人で見にいく。こちらは入場無料。家族連れで賑わっていた。

どこの国にもある、石器のコーナーなどはパスして一九世紀のところへ。入り口から年代順にならんでいる。

大英博覧会のプログラムがあったりして興味は尽きない。

法医学展へ

一時もかなりまわって、バスでユーストン駅まで移動。清水さんの案内で製薬会社が行っているサイエンス・エクジビションで法医学の展示をみる。

入場無料のせいばかりではないだろう。ホームズ展よりも賑わっていて、昼時のせいか、食堂のテーブルはほぼ満席状態。入場列も一〇〇人くらいならんでいた。

こちらは解説も説明も英語で、しかも写真はとれなかった。法医学の現状の映像紹介もあり、「SHERLOCK」でのモーリーのバーソロミュー病院病理室での活躍を彷彿とさせるものがあった。さすがに遺体そのものは見せてはくれないが、解剖の準備の様子なども映像で紹介していた。

アメリカの古い新聞にシャーロック・ホームズのパロディだかが紹介されているというものが一枚展示されていたのが収穫だった。

ひととおりながめて売店に行くとフロイト、一九世紀の性、精神医学関連の本が山積み。

「小林先生がいらしていたら大変でしたね……。」と清水さん。ここの本全部と棚買いしそうな勢いだろうと、ふとその姿を思い浮かべる。

小林が講談社のブルーバックスで翻訳した、ポピュラーサイエンスの原書もずらりとならんでいた。新しいものがあれば持ち帰ってまた翻訳もしたかっただろうに。

骸骨が医学のシンボルなのか、骸骨をあしらったカップだのTシャツもあった。「SHERLOCK」のシリーズでもシャーロックは自分の部屋に骸骨を置いている。

不思議なことに後日行ったV&Aミュージアムでも骸骨柄のTシャツをはじめとして、スカーフまで色違いで数種あった。このスカーフを身にまとう女性がいるのかなとちょっと不思議な感覚。

ネットで桑山弥三郎さんの「シンボルの源泉⑧」（http://www.typography.or.jp/symbol/008.html）のページをみたら、「骸骨」は生命、不滅、復活、回復、永遠のシンボルとあった。さらに西欧の紋章には骸骨は使われているが日本の紋章にはないと。

またまた「スピーディーズ」へ

ユーストン駅近くにシャーロックの下宿がある「スピーディーズ」があるのでこちらでランチとおもったら朝からの営業で二時には閉めてしまうから無理と清水さんが教えてくれた。こんなに人気ならもっと「商売っ気」をだして長く営業すればいいのに。

とにかくここまできたのだからと行ってみる。とりあえず私たちも清水さんご持参の三脚で記念写真。その間に、二人組、ドイツから来た家族連れ、アメリカからの客を案内しているロンドン在住の四人、と五、六分のあいだに観光客はひきもきらず。みなスピーディーズの前で記念写真、そのとなりの「SHERLOCK」たちの部屋へつづくドアの前で記念写真というあんばいだった。

二年前の一月に来たときにはホームズたちの住まいとなっているはずの部屋が貸間と看板がでていたが、もう借り手がついているようで看板はなかった。

ＢＢＣの撮影の「SHERLOCK」たちの部屋のシーンはここではなくセットでされているそうだ。いちおう「SHERLOCK」の名所も押さえて、今度はいよいよ本番。ベイカー街へまたバスで。バスも教えてもらえば乗り降りは地下鉄よりもはるかに楽だし、ロンドン・オリンピックの折に整備して、行き先表示、次の停留所名も出て初心者でも安心できる。また、外の景色をみて違えば戻ればいいし、時間に余裕があればおすすめの乗り物だ。

ベイカー街でホームズ像との再会

ベイカー街ではちょうどホームズ像への光線の具合がよく顔がよく見える。この感じでホームズさんに会えるのはめずらしい。

そこからまずホームズ博物館のある方向へ。かつて立派なプレートのあったアビナショナルの建物にホームズの関連プレートはない。しかも、ジェレミー・ブレットが除幕したというプレートは行方不明のままという。いつか世界的オークションサイトにでも出るのではないですかねとは清水さんの推測。クライテリオンにかかっていたプレートも行方不明だし。そういえばスイスのローザンヌの道路脇につけられていたプレートも何者かが持ち去ったとか。ミステリアスなこと。

シャーロック・ホームズ・ホテルにてひとやすみ。新井さんの研究テーマについてのお話を伺う。コナン・ドイルと会った日本人安藤貫一について詳細に調べておられ、すでに発表もされている。鹿児島で英語教師をしていた英文学者の安藤は一九〇九年に島津久賢男爵とともに渡英、一年ほど英国で、その後半年を米国ですごしている。かねてより師と仰いでいたドイルに面会希望の手紙を出し、ピカデリー・ホテルでの会見をはたした。二時間におよぶ対談だったそうだ。

さらに、再度詳細に調べたいと、明日はゆかりの地を探索予定とのことだった。ひとつのことをとことん探究するその心意気に感心してしまう。

話しているうちに外は雨模様。旅で傘をさすことはめったにないのだが、ゆっくり話しこんでいるうちに雨もおさまり、ふたたびバスで私の泊まっているホテルのあるパディントンへ。今夜はインド料理にすることに。大英帝国時代にインドが植民地であったことでもあるし、「白銀号事件」ではアヘン入りカレーが、「海軍条約文書事件」の最後の場面ではハドスン夫人のチキン・カレーが登場している。

かつて小林と旅したおり、イギリスのパブでカレーを食べて以来の英国でのカレーだった。パブでのカレーにすっかり期待を裏切られ、ずっと敬遠していた。

パディントンには二つ星から三つ星の比較的安価なホテルがずらりと軒を並べている。今日のホームズ展でみた、ホームズ時代に行われた社会問題研究家チャールズ・ブース（一八四〇〜一九一六）による社会調査によると、この地帯は中流だった。

展覧会場で貧富の差が一目でわかる、ブースの社会調査の成果に驚いた。ここから、英国では社会事業という概念が生まれた。

昔、一所帯で利用していた屋敷を改築してホテルにしている。私の宿泊先もスペイン人の経営だろうか。互いにはスペイン語らしきことばをかわしていた。もっとも経営者は他にいて従業員なのかもしれないが。

そのホテル群の客が夕食に来るらしく、昨日のイタリア料理店も今夜のインド料理店もほぼ満席。インド料理屋ではそれぞれにカレーひと品、ナン、ごはんを注文したがなかなかの美味。今夜も三人で夕食ができてよかった。

三月三十日

ベイカー街駅探訪

まずは気になる地下鉄でベイカー街駅へ。ベイカールー・ラインの南方面行のホームが有名な小さなホームズのシルエット数百個でホームズを描き出しているというもの。

北方面行は「ホームズ物語」の有名なシーンを描いた壁画。昨日、展覧会に行く時にのったハマースミス線の駅は古い換気口あとの残るホームズ時代の面影を残している。駅構内だけでも見所は満載。つい何回も足を運んでしまう。

さらに、昨日清水さんからベイカー街駅の通路にずらりと並んでいたホームズさんのシルエットが改装されてほとんどなくなってしまったと聞いたのでまずは確認。残念なことに申し訳程度にしか残っていなかった。

フランスのシャーロキアンがどこかのオークションで昔のタイルを入手したとか、これも昨日聞いた清水さんからの情報。

ここからはおなじみコースでまずは駅どなりの土産店に入ってみる。さして目新しいものもない。かわいらしいノートとペンのセットを孫たちに購入。よくみたら中国製だった。

地上に出るとそこにはホームズ像が。やはり何度でも来たくなるのがベイカー街だ。今日はベイカー街に比較的新しくできた「ホームズ」というフィッシュ&チップスのお店に。一人では多すぎるなと思いつつ注文。外の看板に小もあるとあったのにうっかりしていた。普通サイズではさすがに多すぎ。ただ、ポテトはカリッと仕上がっていておいしかった。エリカと二年前にも入ったが、店のしつらえを少し変えたようでカウンターの位置とかが変わっていた。オーナーも変わったのかもしれない。中にはホームズ映画のポスターが何枚も掲げてあり、一応雰囲気を出そうと努力はしている様子。

ゆかりの地へ　ハーリ街経由で

今日はゆかりの地の散策とナイチンゲール博物館が最終目的地。今回は家にあったロンドン地図、さらにホームズ時代の地図（先日かたづけていたときに発見したもの）とを持参した。地図をみるのは苦手だが、そうも言っていられない。ロンドンはストリートにどんなに細い路地でも名前がついていてプレートがついているのがいい。その点日本の道のほうがわかりにくい。

まずはマダムタッソーの前を素通りでマリバン教会へ。ここは特にホームズには関係ないけれどもちょっと中も見学。復活祭も近い（二〇一五年は四月五日）ということであちこちの教会ではそれにふさわしいコンサートがひらかれる。バッハの「マタイの受難曲」とかヘンデルの「メサイア」と、合唱好きにはなじみの曲目。

ちょうど一人で椅子にのってそのコンサートのポスターを貼っている教会に方を手伝ってあげたら、「コンサートにもぜひ来てね」と。

「日本に帰るからだめなの」といったら「いつ戻ってくるの」と。

復活祭をキリスト教の国で一度は迎えてみたいものと思った。

ハーリ街をとおってランガムホテルに向かう。「青いガーネット」の事件ではホームズとワトスンがベイカー街からこの道を通って大英博物館前にあったとされているパブ「アルファ・イン」へ向かっている。

オスカー・ワイルドとコナン・ドイルが会見した記念プレート

プレートが設置されているランガム・ホテル東側壁面
〔撮影は上・下とも新井清司〕

ハーリ街はホームズの時代から多くの医者が開業していたところで、逆にここで開業できたら一流ということにもなっていた。現代もクリニックの看板が多く目についた。カウンセリング、健康センター、サイコセラピーなどさまざまな医療関連に機関が軒を並べている。関係のない普通の住まいらしいところも散見はした。

ランガムホテル

今は中国資本の経営となっているランガムホテルに到着。売店においてあるホテルグッズの人形が中国服を着ていたのはそのためなのだろうか。ランガム特製の紅茶の缶のデザインもそういわれてみれば中国風のようでもある。

ここはホームズ時代から最高級ホテルで「ボヘミアの醜聞」のボヘミア王が宿泊していた。「四つのサイン」のメアリ・モースタンも父親にこのホテルに宿泊するようにとの指示をもらっていた。

現在でも一泊数万円はする高級ホテルだ。ひとときここはＢＢＣの管理部門になっていて観光客はみることができなかった時代もあった。

また、このホテルでアメリカの雑誌「リッピンコット」社の編集者がコナン・ドイルとオスカー・ワイルドの両人と面談し、二人にそれぞれに原稿を依頼したというエピソードもある。そのとき、依頼に応じてドイルが書いたのが「四つのサイン」でこの原稿を機にドイルは「ホームズ物語」の作者としてのゆるぎない地位を得た。

「四つのサイン」のメアリ・モースタンが父から宿泊するようにと指定されたホテルをランガム・ホテルにしたのは、このホテルで原稿依頼を受けたためだろう。また、そのときに、ドイルと同席したオスカー・ワイルドの容貌などを「四つのサイン」に登場するサディアス・ショルトーに似せたとも言われている。

オスカー・ワイルドは「ドリアン・グレイの肖像」を執筆してこちらも名を馳せたが、その後の人生はドイルとは異なり惨めな顛末をたどることになった。

昨夜、清水さんからランガムホテルにドイルとリッピンコット社との会談を記念したプレートがあるときいたのだが、詳細を確認せずにいたことが悔やまれる。ホテルの人に聞いてみたが「分からないからあなたが自由にホテルの中をさがしてくれ」と。

ホテル内をうろうろしていたら、ヴァイオリンの展示オークションの会場があった。ホームズはヴァイオリンの名手ということになっているし、弾いていたヴァイオリンはなんと「ストラディヴァリウス」ということになっている。しかもトテナム・コート通りの質屋でわずか五五シリング（約六六〇〇〇円）で手に入れているのだ（「ボール箱」）。

この高級ホテル内での展示会なら「ストラディヴァリウス」もあるかもしれないと入ってみると日本人の姿もある。日本のヴァイオリン専門業者だそうで「日本の名古屋の店にはストラディヴァリウスもアマティーも置いてあるのでぜひどうぞ」とご丁寧に名刺までくださった。会期中はこのホテルに滞在とか。試飲ならぬ、試弾をしている人もいて、すてきな音で満たされている会場だった。

記念プレートはあきらめてホテルの外壁も一応チェックするも発見できず。新井さんは無事このプレートをカメラに収められたと後からうかがい、データをいただいた。

リージェント街からウエストミンスター橋

名店が軒をならべる、リージェント街はすぐそこ。ジョン・ナッシュの設計によりヴィクトリア時代に整備されたもので、道路そのものがひらがなの「し」の字のように弧を描いていることでも有名だし、「バスカヴィル家の犬」ではホームズとワトスンが犯人とおぼしき人物の乗っている馬車を追いかけてここまで来ている。ホームズとワトスンがこの街路にいる姿が描かれている、シドニー・パジットのイラストがあるのだが、初版のイラストが出版社の手違いで裏焼きになってしまっているということで有名になった。

最終目的地のウエストミンスター橋までは二キロほどだろうか。徒歩でもいかれない距離ではないが、ここからはバスを利用してウエストミンスターまで。おなじみの国会議事堂のビッグベンが迎えてくれる。地下鉄からの入り口付近は観光客であふれている。

ふとみると、駅横に観光案内所のような土産物屋。そこは国会議事堂内の売店と同じ内容の土産物がおいてあった。国会内でしか買えないと思って以前国会内で購入したことのある深緑色のマーク入り菓子なども置いてあり、珍しいと購入した。

ごったがえしているウエストミンスター橋をわたる。ヴィクトリア朝時代の混雑の風景を写した写真も我が家秘蔵写真集にもあった。

橋はいまも昔も人の往来が激しいし、なんといってもテムズ河、ビッグベンといえばロンドンの代表的な名所。観光客でひしめいている。

その橋の隅では観光客目当ての少々怪しげな商売をしている人がいた。手品でよくあるようなコップを二個敷物のうえにならべて、コインを片方にいれて素早く右左を数回交差させどちらにコインが入っ

ロンドンのシンボル、ビッグベン

ているかを客に当てさせる。

「さあ賭けて、さあ賭けて！」の呼び声に輪になっている客の一人がポンド札をだす。客が当てれば、おそらく二倍の札を、当たらなければ客の札は彼のものになるというゲームだろう。一人の客が熱心にコップをのぞいて賭けをしようとしていたところに仲間から声がかかる。その橋で何人かが同じ商売をしているようだった。おそらく何かの取締がはじまったということらしい。熱心な客にすかさず札を返すとなにくわぬ顔で、コップをふところにいれて立ち去っていった。

手品だから入れたはずのコインはどちらにも入っていないのだろう。観光客からもお札をまきあげようという商売らしい。

テムズ河の対岸にはＢＢＣの放送で大人気となった「SHERLOCK」のタイトルバックに流れる新しいロンドン名物「ロンドン・アイ」と

呼ばれる大観覧車が見える。私は高所恐怖症なので乗ったことはないが、乗ればロンドンが一望できる。

ナイチンゲール博物館訪問

橋をわたるとセント・トーマス病院の大きな建物が右手にみえる。ナイチンゲール博物館はその病院の付属施設になっている。二〇一〇年にリニューアル・オープンしたとパンフレットにあった。ナイチンゲールの生涯をたどる、ヴィクトリア朝時代を反映した重厚なミュージアムを想像していたら、なにか小学生の遠足児童向けのナイチンゲールがひらいた看護学を紹介することが目的のモダンなものだった。その一部にナイチンゲールの生涯がわかる展示もある。ＤＶＤなども駆使されていたが、なにしろ言語は英語のみ、映像とあわせてなんとかわかったという実感だった。

売店にはいかにも小学生向きの鉛筆、ノート、飴菓子などの土産が多く並んでいて、そのうちのひとつの簡単なミュージアムガイドの冊子を求めてきた。

フローレンス・ナイチンゲール（一八二〇～一九一〇）といえば「白衣の天使」として日本でもよく知られている人物である。英国でもかなりの上流階級の生まれで、当時の常識に従えば、この階級の女性が職業につくなどは考えも及ばない時代だった。その中にあって、自らの意志に従い、社会正義のために一生を捧げ、看護婦（当時の呼び名）という専門職を確立した、まさに女性パイオニアであった。

クリミア戦争（一八五三～一八五六）に英国が参戦していた。そのときの戦場の様子が「タイムズ」に掲載され、傷ついて倒れた兵士の手当もされていない、看護する人もいない、という記事に触発されてナイチンゲール自らが立ち上がり、戦場に出むき幾多の困難を乗り越え、社会的地位を築いた。後に看護学という学問も確立した、まさにパイオニアである。

クリミアといえば二〇一四年にも国民投票でウクライナからロシアに編入されたり、それを機にウクライナで内戦があったりと、ホームズの時代も現代も人は同じことを繰りかえしているのだという実感がこみあげてくる。

また、傷つき病に倒れた兵士たちのために、ナイチンゲールは自らが進めようとする改革を達成するために、ヴィクトリア女王に直接に手紙を書いたというのだから恐れ入ってしまった。

ホームズ物語の「海軍条約文書事件」にも看護婦は登場しているが、端役で名前もない。執務中に国家機密の海軍条約文書を書き写しの途中でそれを何者かに盗まれてしまった、気の毒なパーシー・フェルプスは「脳熱（ブレインフィーバー）」になってしまう。これは現代の精神医学では「心因反応」と呼ばれる病のこと。その彼が「献身的な看護婦に世話をされている」と一行あるだけだ。

ウェストミンスター寺院内へ

そこからもう一度ウエストミンスター橋をとおり、ウエストミンスター寺院に行ってみることにした。四時半近くで一般の見学は三時半にすでに終わっている時刻だったが人の行列がある。一応私も並んでみる。先頭から五〇番目くらいだったろうか。入り口で「サービス？」と尋ねられて寺院の中へ。寺院の案内をあとからみると五時から「晩祷」とあった。間違えて入場してしまったベール姿のおそらくイスラム系の観光客が係の人に案内されて聖堂を後にしていった。

聖堂内は撮影禁止で残念だったが、私の案内された席は高貴な人が座る席でテーブルにはランプ（電気）がそなわっている。この内部は最近だと、二〇一一年のウィリアム王子とキャサリン・ミドルトンとの結婚式のときに全世界に中継された。まさかあの貴族席にすわれるとはなんと光栄な。座席には式次第の印刷された冊子がすでに置かれている。英国国教会の礼拝には初めて参列した。グレゴリアン・チャントの素晴らしい詠唱をはさみ、参列者がとなえる箇所がいくつかある。まわりの人たちは暗唱していたが、わたしは頭を垂れ祈るだけ。良い時をすごせた。

来るときにバスの車窓から素通りだったヘイマーケット劇場前をとおり、クライテリオンまで行ってみることにする。

ヘイマーケット劇場は「隠居絵具屋」の事件のときにジョサイア・アンバリーが「妻が失踪した晩にこの劇場にきていた」と自らのアリバイを主張するのに使った劇場で、外観は昔のままとなっている。

そのすこし先にクライテリオン・バーがある。このクライテリオンにはワトスンがスタンフォード青年とであったという記念プレートが飾られている。日本から寄贈されたものが紛失してしまったので再度同じプレートを制作して飾るばかりになっているのだが、ロンドン市からの認可がおりないとかでまだ掲げられてはいなかった。今回は満席で予約もしていないので入り口でプレートを確認するだけにとどめて、ホテルにもどることにした。

二〇一六年九月現在はクライテリオンの外観はそのままでイタリア系のレストラン、クライテリオン・サビーニとなっている。

今日からは一人旅で、夕食の約束をするとお互いに時間に束縛されてしまうのでそれは無し。駅まで出向いて土産物のチョコレートショップをのぞいたり、スーパーを覗いてから駅構内のスタバでコーヒーとサンドイッチの寂しい夕食をすませる。

チョコレートショップは復活祭が近く、いわゆる縁起物のうさぎを形どったもの、イースターエッグを模したものがあふれていた。うさぎは子だくさんのため、子孫繁栄の象徴とか。

三月三十一日
サウスケンジントンの博物館見学

旅の最後の日。航空券をもとめるときに三十一日日本帰着の航空券代金は四月一日帰着の航空券に比べてほぼ二倍の値段だったことを思い出す。三十一日中に日本に帰り着きたい人が多いということらしい。わたしは急がぬ旅。一日予定を延ばして本日の夕刻のフライトにした。

三時にホテルで待ち合わせて一緒に空港へと新井さんと約束している。遠出は避けてサウスケンジントンへ地下鉄で向う。地下鉄路線図だと乗り換えなしで行けるようにみえたが、行きも帰りも乗り換え。サウスケンジントン駅から地下でヴィクトリア&アルバート博物館（V&A）の地下入り口まで行ける。

見学は一〇時からで入場料金は無料。一〇時には間があるので地上に出て、アルバートホール前をとおり公園へ。ヴィクトリア女王の夫君のアルバート公の碑が建っている。天候もよく、塗り直したのだろう、金ぴかのアルバート公がまぶしい。アルバート・ホールはアルバート公（一八六七〜一八六二）を記念して建設されたもので、ホームズも「隠居絵具屋」の事件のときにコンサートにでかけている。

この地域は博物館群でほかにもいくつかの博物館がならび、イースター休暇のせいだろうか子どもを連れた人でごったがえしていた。

とおりすがりの科学博物館によって食堂で休憩。こちらも入場無料のコーナーと有料の部分とがあるらしい

金ぴかのアルバート・ホール

いよいよ、最終目的地のV&Aへ。すべてを丁寧にみるには時間も体力もない。まずは服装の歴史のコーナーへ。展示ヴィクトリア時代のドレスのところに当時のドレスの請求書が飾られているのを発見した。全額は一一二ポンド、前金で八二・七ポンドとあった。私たちが当時の物価を現在の物価に換算してのおおむねの目安を一ポンド二四〇〇〇円としている。とすると、この衣装の代金は二七〇万円！「白銀号事件」では「マダム・ダービシャーは、なかなか贅沢な趣味を持っておいでだ」とホームズが請求書をみながら言う場面がある。

「ドレス一着に、二十二ギニー（約五十五万四千円）はかなり贅沢だ」という言葉がある。この請求書が事件解決の手がかりになった。ダービシャー夫人はおそらく中流の人。ここに展示されているドレスと請求書はほぼこの五倍。あらためて上流階級の人の生活ぶりが忍ばれる。

あとは絵画、陶磁器、家具とざっとみて庭でもう一度休憩。レストランはいくつかのお店がはいっていて充実していた。

売店を覗く。今回は企画展（モダンアートで有料、さらに入場にもかなりの行列）もあり、そちらのグッズもかなりある。あれこれ物色したがホームズがらみのものはみつからず。

搭乗口前での居ねむりは厳禁

アムステルダムからの長旅でそろそろ疲れもでて、二時にはホテルに戻り預けて置いた荷物も受け取り、ロビーで休息。約束の時刻よりも早くに新井さんもおいでになり、ヒースロー・エクスプレスで空港へ。

来るときに往復チケットを求めたのだが、なんだかよくみるとVISAカードのレシートしかない。これで乗れるのか不安になる。来るときにあわてていたから、チケットもらい忘れたのか……。しかたがない、なにかいわれたらもう一度求めるしかない。

それに来るときは車内に検札などなかったが、今度はどうなのだろうか。この列車に乗るのにも、ホームへの出入りは自由だし、列車に乗るときにもチケットを見せるところもない。かなり不安に思って乗っていると検札の車掌がきて、そのレシート見せたら、なにかそれにゴム印のようなものを押してOKだった。他になにも配ってはいなかったのだ。

空港でそれぞれの空港会社のターミナルへ行くのでここでお別れ。お互いに「気をつけて、また日本で」と挨拶をかわす。

またその搭乗口の遠かったこと。なんだか空港内の最果てまで歩いたような気がした。今年一月のニューヨークの帰りには空港で深く居眠りして、あやうく乗り過ごすとこだった。幸い隣の人が起こしてくれて、搭乗口に駆け込むという失態。あと二分遅れたら空港に取り残されていた。今回は居眠りもせずに機内へ。おとなりは一〇才くらいの少年で日本へのひとり旅。

犬も連れて練馬へ無事帰着。

追記　旅日記にしばしば登場する「モリアーティの祟り？」の座骨神経痛について。

二〇一五年夏にエスペラントの世界大会がフランスであり、そのオプショナル・ツアーでエスペランティストの持ち城のグレジリオンで五泊してロワールの古城をめぐった。そのグレジリオンは古い城でもちろんエレベーターもエスカレータもなし。寝室は下の階をお願いしようとおもったら、車椅子の方、わたしよりももっと歩行困難そうな方々がたくさんおられた。しかたなく屋根裏部屋、日本式で言うと四階までいやおうなく階段で上がり下り、さらにロワールの城ももちろん階段ばかりだった。帰国したら友人たちから「あら足治ったわね！」と。日本ではいたわりすぎて、階段はいつもエレベータ、エスカレータだったのが逆効果だったよう。完全ではないがほぼ完治したのでご報告まで。

おわりに

いきなり暗い話で恐縮だが、旅を常にともにしていた夫、小林司を二〇一〇年秋に天国に見送った。そのときは失意のどん底で、再び「シャーロック・ホームズへの旅」をすることも、その旅日記を本にすることも思ってもみないことだった。

小林が病に倒れた時には、いままで見ていたカラーテレビが急に白黒になったような、すべてのものが色あせて感じられた。

そして他界したあとは、もろもろの諸雑事が襲いかかり、色あせた世界のなかでまさに暗黒をさまよっていた。そのなかで、まず初めのエディンバラ旅行を強くすすめてくださったのが志垣由美子さんだった。

「ご一緒します。チケットもホテルも手配しますから…」と。

そのあとも、ホームズ仲間の温かいサポート、娘エリカからの旅のお誘いなどがあり、幾つかの旅日記をまとめることができた。

「メリーウィドウということばがあるでしょう！　あなたもそう生きなければだめよ」と励ましつづけてくださってた東京女子大の大先輩の作家、近藤富枝先生に感謝。

また、旅を共にしてくださったホームズの仲間のおひとりおひとり、ダボス写真を提供してくださった中島ひろ子さん、校正にご協力いただいた新井清司さん、そして青土社の篠原一平さん、梅原進吾さんありがとうございました。

わたしの旅日記を読んで、楽しく、そして少しマニアックなシャーロック・ホームズの世界の一端にふれていただければ幸いです。

二〇一六年九月　ホームズ像のある信濃追分の山小屋にて

東山あかね

参考文献

第1章

小林司・東山あかね『裏読みシャーロック・ホームズ　ドイルの暗号』原書房　二〇一二

大和久史恵・清水健「ジョゼフ・ベルとコナン・ドイルのエディンバラ」（「ホームズの世界」二九号　二〇〇六）

清水健「ジョゼフ・ベル記念銘板」（「ホームズの世界」三四号　二〇一一）

東山あかね「半分とけたフロイトメタルの謎」（「翻訳と歴史」第六〇号　二〇一二）

第3章

清水健／大和久史恵「東京バリツ支部小史」（「ホームズの世界」三〇号　二〇〇七年）

清水健「クライテリオン銘板の帰還」（「ホームズの世界」三六号　二〇一三年）

熊谷彰「バリツ支部探求二」（「ホームズの世界」三一号　二〇〇八年）

熊谷彰「バリツ支部探求三」（「ホームズの世界」三二号　二〇〇九年）

小林司・東山あかね・植村正春『シャーロック・ホームズの倫敦』求龍堂、一九八四

ジャムヤン・ノルブ著東山あかね・ほか訳『シャーロック・ホームムウズの失われた冒険』河出書房新社、二〇〇四

第4章

David L. Hammer: The Game is Afoot. 1983

Maps by Jack Tracy

Calligraphy by Mary Jane Gormley
小林司・東山あかね『シャーロック・ホームズの謎を解く』宝島社、二〇〇九

第5章
遠藤尚彦「僕がDavosで知ったこと― Villa am Steinの幻影」(「ホームズの世界」三八号　二〇一五)

第6章
新井清司「安藤貫一」の項(小林・東山編『シャーロック・ホームズ大事典』東京堂)
小林延利『ゴッホは殺されたのか　伝説の情報操作』(朝日新書九四)

著者略歴

東山あかね（ひがしやま・あかね）
一九四七年東京生まれ。東京女子大学短期大学部、明治学院大学卒。日本シャーロック・ホームズ・クラブ主宰者。米国ベイカー・ストリート・イレギュラーズ（BSI）会員。日本エスペラント協会評議員。
訳書に「シャーロック・ホームズ全集」（河出書房新社）全九巻他、著書に「図説シャーロック・ホームズ」（河出書房新社）、「裏読みシャーロック・ホームズ」（原書房）など他多数。
精神科医の夫小林司の介護の日々を綴った「脳卒中サバイバル」（新曜社）は福祉の現場で好評。

シャーロック・ホームズを歩く
作品をめぐる旅と冒険

2016年10月31日　第一刷印刷
2016年11月15日　第一刷発行

著　者　東山あかね

発行者　清水一人
発行所　青土社

〒101-0051　東京都千代田区神田神保町1-29　市瀬ビル
［電話］03-3291-9831（編集）　03-3294-7829（営業）
［振替］00190-7-192955

印刷・製本　シナノ印刷
装丁　桂川潤

ISBN978-4-7917-6950-6　Printed in Japan